청산에
살어리랏다

청산에
살어리랏다

김상훈 엮음

보리

겨레고전문학선집을 펴내며

우리 겨레가 갈라진 지 반백 년이 넘어서고 있습니다. 그러나 함께 산 세월은 수천, 수만 년입니다. 겨레가 다시 함께 살 그날을 위해, 우리가 함께 한 세월을 기억해야 합니다.

예부터 우리 겨레가 즐겨 온 노래와 시, 일기, 문집 들은 지난 삶의 알맹이들이 잘 갈무리된 보물단지입니다.

그동안 남과 북 양쪽에서 고전 문학을 되살리려고 줄곧 애써 왔으나, 이제껏 북녘 성과들은 남녘에서 좀처럼 보기 어려웠습니다.

북녘에서는 오래 전부터 우리 고전에 깊은 관심과 사랑을 보여 왔고 연구와 출판도 활발히 해 오고 있습니다. 그 가운데 〈조선고전문학선집〉은 북녘이 이루어 놓은 학문 연구와 출판의 큰 성과입니다. 〈조선고전문학선집〉은 가요, 가사, 한시, 패설, 소설, 기행문, 민간극, 개인 문집 들을 100권으로 묶어 내어, 고전을 연구하는 사람들과 일반 대중 모두 보게 한, 뜻 깊은 책들입니다. 한문으로 된 원문을 현대문으로 옮기거나 옛글을 오늘의 것으로 바꾼 성과도 놀랍고 작품을 고른 눈도 참 좋습니다. 〈조선고전문학선집〉은 남녘에도 잘 알려진 홍기문, 리상호, 김하명, 김찬순, 오희복, 김상훈, 권택무 같은 뛰어난 학자분들이 머리를 맞대고 연구한 성과를 1983년부터 펴내기 시작하여 지금도 이어 가고 있습니다.

보리 출판사는, 조선민주주의인민공화국 문예 출판사가 펴낸 〈조선고전문학선집〉을 〈겨레고전문학선집〉이란 이름으로 다시 펴내면서, 북녘 학자와 편집진의 뜻을 존중하여 크게 고치지 않고 그대로 내는 것을 원칙으로 삼았습니다. 다만, 남과 북의 표기법이 얼마쯤 차이가 있어 남녘 사람들이 읽기 쉽게 조금씩 손질했습니다.

이 선집이, 겨레가 하나 되는 밑거름이 되고, 우리 후손들이 민족 문화 유산의 알맹이인 고전 문학이 지니고 있는 아름다움을 제대로 맛보고 이어받는 징검다리가 되기 바랍니다. 아울러 남과 북의 학자들이 자유롭게 오고 가면서 남북 학문 공동체가 이루어지는 날이 하루라도 앞당겨지기 바랍니다. 그리고 이 자리를 빌려, 어려운 처지에서도 이 선집을 펴내 왔고 지금도 그 작업에 몰두하고 있는 북녘의 학자와 출판 관계자들에게 고마운 마음을 전합니다.

2004년 11월 15일
보리 출판사

차 례

청산에 살어리랏다

누으리 나으리 개똥밭에 미나으리

군바야 군바야 군바 군바

구자 못 된 팔자로다

아리아리 쓰리쓰리 아라리요

삼십삼천 굴러치면 에밀에밀 하는구나

1. 《청산에 살어리랏다》는 북의 문예 출판사에서 1983년에 펴낸 《가요집 1》과 《가요집 2》를 다시 분류하여 보리 출판사가 펴내는 것이다. 다만, 고려가요 '쌍화점' 과 '만전춘' 은 본디 북의 책에는 없는 것을 보리 편집부가 넣었다.

2. 엮은이와 북 문예 출판사 편집진은 다음과 같은 원칙으로 《가요집》을 편집했다. 보리 편집부는 문예출판사의 뜻을 존중하는 것을 큰 원칙으로 하였다.
   ㄱ. 고조선부터 고려 때 노래까지는 시대순으로 분류하였고, 그 뒤의 노래들은 내용에 따라 분류하였다.
   ㄴ. 고대 가요는 원문과 옛 표기를 그대로 두었으나, '아래 아' 를 비롯 옛 자음과 옛 모음은 쓰지 않았다.
   ㄷ. 노래의 특성을 살리기 위해, 뜻을 알기 어렵거나 표기를 확정하기 힘든 것은 그대로 두었다. 다만 잘못된 기록인 것이 분명하고 뜻이 통하지 않는 것은 바로잡았다.
   ㄹ. 이두나 향찰로 표기된 가요는 현대어로 다시 고쳐 썼다.
   ㅁ. 배경 이야기가 함께 전해지는 노래들은 되도록 그 사연을 밝혔다.
   ㅂ. 사투리나 입말들도 대부분 그대로 두었다.

3. 맞춤법과 띄어쓰기는 '한글 맞춤법' 을 따랐다.
   ㄱ. 한자어들은 두음법칙을 적용했고, 단모음으로 적은 '계' 나 '폐' 자를 '한글 맞춤법' 대로 했다.
   예 : 란리→난리, 률조→율조, 간폐→간페

   ㄴ. 'ㅣ' 모음동화, 사이시옷, 된소리 따위의 표기도 '한글 맞춤법' 대로 했다.
   예 : 모시여라→모시어라, 내물→냇물, 잠간→잠깐

청산에
살어리랏다

살어리 살어리랏다 청산에 살어리랏다

멀위랑 다래랑 먹고 청산에 살어리랏다

얄리 얄리 얄라셩 얄라리 얄라

울어라 울어라 새여 자고 일어 울어라 새여

널라와 시름 한 나도 자고 일어 우니노라

님아, 물 건너지 마오〔公無渡河歌〕

님아, 물 건너지 마오
굳이 건너가는구려
물에 빠져 돌아가시니
님아, 이 일을 어이하오

公無渡河　公竟渡河
墮河而死　當奈公何
(고금주)

▌ 고조선 때 가요. '공후인箜篌引'이라고도 한다. 곽리자고霍里子高라는 뱃사공이 살았다. 곽리자고
가 새벽에 강가에 나갔는데 웬 머리 흰 사람이 강물에 뛰어들어 강을 건너려는 것을 보았다. 그 사람의
안해가 따라오며 소리쳐 말렸으나 사내는 안해 말을 듣지 않고 마침내 물에 빠져 죽고 말았다. 그 안해
는 강가에서 슬피 노래를 부르더니 남편을 따라 강물에 몸을 던졌다. 곽리자고가 자기 안해 여옥麗玉
에게 이 일을 이야기하였더니 여옥이 두 사람의 죽음을 슬퍼하여 공후를 울리며 이 노래를 불렀다고
한다.
　이 노래는 고조선 때 개인 서정 가요의 대표작으로, 곡조는 알 수 없으나 죽음을 초월한 아름다운 마
음이 가사에 잘 담겨 있다.
　공후란 스물세 줄이나 스물다섯 줄로 된 현악기로 비파처럼 생겼는데, 이런 정교한 악기가 민간에
널리 보급되었다는 사실을 이 노래로 알 수 있다.

거북이 노래〔龜旨歌〕

거북아 거북아
머리를 들어라
머리를 안 들면
구워서 먹을 테다

龜何龜何　首其現也
若不現也　燔灼而喫也
(삼국유사)

▌가락국 때 가요. '영신가迎神歌'라고도 한다. 가락 지방의 구지봉龜旨峯 위에 하늘에서 금궤짝이
하나 내려왔다. 그 고장 백성들이 구지봉에 올라가 이 노래를 부르며 흙을 쥐고 발을 구르면서 춤을 추
니 궤짝 안에서 아이 여섯이 나왔다. 그중 제일 먼저 나온 아이가 자라서 가락국의 첫 왕인 수로왕이
되었다고 한다.

　백성들이 흙을 쥐고 발을 굴렀다는 기록으로 보아 이 노래는 가락, 곧 가야 지방 사람들이 부른 노동
요였음을 알 수 있다. 노동을 통하여 사회와 국가가 형성되었음을 보여 주는 노래이다.

바다의 노래〔海歌〕

거북아 거북아 수로 부인 내놓아라
남의 부인 앗아 간 그 죄가 크고 크다
네 만일 거슬러 내어 놓지 않는다면
그물로 끌어내어 구워서 먹을 테다

龜乎龜乎出水路　掠人婦女罪何極
汝若悖逆不出獻　入網捕掠燔之喫
(삼국유사)

▌ 가락국 때 가요. 옛날에 순정공純貞公이 강릉 태수로 부임해 가다가 바닷가에서 쉬는데 바다 속 용
이 안해 수로 부인을 앗아 갔다. 그때 백성들이 모여서 이 노래를 부르며 막대기로 땅을 두드렸더니 용
이 겁이 나서 수로 부인을 도로 내어 놓았다고 한다.

인삼 노래〔人蔘讚〕

세 갈래 가지마다
잎은 다섯 개씩
양지를 등지고
응달에서 자라네

나를 얻자고
오는 사람은
자작나무 밑에서
찾아보시라

三椏五葉　背陽向陰
欲來求我　椵樹相尋
(해동역사)

▌ 고구려 때 가요. 연암 박지원은 《열하일기》에서 이 노래가 중국에 널리 알려졌는데, '단수椵樹'는
잎이 넓고 그늘이 짙은 자작나무이며, 인삼이 그 밑에서 잘 자란다는 것도 함께 적었다.

꽃 노래〔繁華曲〕

기원사며 실제사라[1]
두 절 동쪽에
두 소나무 가지런히 서 있고
그 사이엔 칡덩굴 우거졌네

머리 돌려 바라보니
꽃은 언덕에 우거졌는데
실안개 가벼운 구름이
한데 어울려 아물거리누나

祇園實際兮二寺東　兩松相倚兮蘿洞中
回首一望兮花滿塢　細霧輕雲兮立濛濛
(동사강목)

▌ 신라 때 가요. 경애왕景哀王이 포석정에서 술놀이를 하면서 부른 노래라 한다.

---

1) 기원사와 실제사는 모두 신라 진흥왕 때 세운 절이다.

서동요薯童謠

선화 공주님은
남몰래 시집가서
서동 서방을
밤이면 만난다네

선화 공주님은	善化公主主隱
남 그으기 얼어두고	他密只嫁良置古
서동 집을	薯童房乙
밤으란 안고 가다	夜矣卯乙抱遣去如

(삼국유사)

▌ 백제 때 가요. 백제 땅에 서동薯童이라는 젊은이가 홀어머니 밑에서 마를 캐어 팔며 살았는데, 남들
이 그를 서동, 곧 마동이라고 불렀다. 서동은 신라 진평왕의 셋째 딸인 선화 공주가 아름답다는 소문을
듣고 아이들을 시켜 이 노래를 퍼뜨렸다.
 이 노래가 관리들 귀에도 들어가고 궁궐로도 들어가 결국 죄 없는 선화 공주가 먼 곳으로 귀양살이
를 떠나게 되었다. 서동은 쫓겨난 공주에게 다가가 마침내 제 뜻을 이루었다.
 서동은 그 뒤 백제의 무왕이 되었다고 한다.

꽃을 바치는 노래〔獻花歌〕

붉은 바윗가에서
손에 잡은 어미 소 놓아두고
나를 아니 부끄러워하시면
꽃을 꺾어 바치오리다

붉은 바윗가에	紫布岩乎邊希
잡아온 손 어미 소 놓아 계시고	執音乎手母牛放敎遣
나를 아니 부끄리시단	吾肹不喩慚肹伊賜等
꽃을 꺾어 받자호리이다	花肹折叱可獻乎理音如

(삼국유사)

▌ 신라 때 가요. 순정공이 강릉 태수로 갈 때 안해 수로 부인이 함께 갔다. 순정공이 바닷가에서 점심을 먹는데 바다를 향해 치솟아 있는 절벽에 진달래꽃이 활짝 피어 있었다. 수로 부인이 그 꽃을 좀 꺾어 오라고 하였으나 절벽이 너무 높아 아무도 응하지 못했다. 그때 웬 늙은이가 소를 끌고 지나가다가 부인의 말을 듣고 곧 절벽에 올라가 꽃을 꺾어서 이 노래와 함께 바쳤다고 한다.

풍요風謠

오라 오라 오라
오라 서럽더라
서럽다 우리들이여
공덕 닦으러 오라

오라 오라 오라	來如來如來如
오라 셜브다라	來如哀反多羅
셜브다 의내야	哀反多矣徒良
공덕 닦으러 오라	功德修叱如良來如

(삼국유사)

▒ 신라 때 가요. 양지良志라는 중이 영묘사의 불상을 만들 때 온 성안의 남녀들이 진흙을 나르며 부른
노래라고 한다.

노래에 '오라'는 말이 반복되고 서럽다는 말이 거듭 나오는 것으로 보아 입에서 입으로 전해진 노래
다. '풍요'라는 말에는 인민들이 지배 계급을 풍자한다는 뜻이 있는데, 마지막 구절 "공덕 닦으러 오
라."는 "공덕은 무슨 놈의 공덕을 자꾸 닦으러 오라느냐."는 뜻으로도 볼 수 있다. 《삼국유사》에, "지
금도 이 고장 사람들이 방아를 찧거나 힘든 일을 할 때 이 노래를 부른다." 했는데, 이 노래가 여럿이
부르는 노동요임을 말해 준다.

도솔가兜率歌

오늘 이리 산화가 부를 제
뽑히어 나온 꽃아, 너희들은
참다운 마음이 시키는 그대로
미륵님을 모시어라

오늘 이리 산화 불러	今日此矣散花唱良
빠호압은 꽃아 너는	巴寶白乎隱花良汝隱
곧은 마음에 명으로 부리아디	直等隱心音矣命叱使以惡只
미륵좌주 모셔라	彌勒座主陪立羅良

(삼국유사)

‖ 신라 때 가요. 760년에 하늘에 해가 둘이 나타나서 열흘이 되도록 없어지지 않았다. 천문관이 왕에게 아뢰기를, 인연이 깊은 중을 맞이하여 산화 공덕을 베풀면 해 하나가 사라질 것이라 하였다. 왕은 조원전에 단을 뭇고 청양루에 올라 인연이 깊은 중을 기다리는데 마침 월명이라는 중이 밭 사잇길로 오고 있었다. 그리하여 월명이 왕의 명으로 기도를 드리면서 이 노래를 지어 불렀더니 오래지 않아 해가 하나 없어졌다고 한다.

일연은 《삼국유사》에서, "세상 사람들은 흔히 이 노래를 '산화가'라고 하는데 '산화가'는 따로 있다. 설명하자면 사연이 매우 길다. 이 노래는 틀림없는 '도솔가'다." 하였다.

죽지랑을 그리며〔慕竹旨郞歌〕

가는 봄 보내며
그분이 아니 계셔 시름이 몰려온다

그처럼 사랑해 주시던 이 몸 그르칠세라
조심해 살아 나가야지
눈 돌릴 사이도 없이
곧 그분을 만나게 되리라

죽지랑이여, 그리운 마음 달려가는 길은
다북쑥 우거진 골인가, 밤마다 잠을 이룰 수 없네

간 봄 그리매	去隱春皆理米
모달 사라아 우리 시름	毛冬居叱沙哭屋尸以憂音
어두름 나토지샤온	阿冬音乃叱好支賜烏隱
즛해 해여줌 떠지 녀저	皃史年數就音墮支行齊
눈 돌아칠 사이의	目煙廻於尸七史伊衣
맛보지 아지 지소아리	逢烏支惡知作乎下是
낭아 그릴 마음에 녀올 길	郞也慕理尸心未　行乎尸道尸
다봇골 안에 잘 밤 이시아리	蓬次叱巷中宿尸夜音有叱下是
(삼국유사)	

▌| 신라 때 가요. 효소왕孝昭王 때 죽지랑竹旨郞의 낭도 가운데 득오得烏라는 이가 하루도 빠짐없이 잘 나왔는데 갑자기 열흘이 되도록 보이지 않았다. 죽지랑이 득오의 어머니한테 물어보니, 익선益宣이란 벼슬아치가 득오를 부산성 창고지기로 보내는 바람에 죽지랑한테 인사도 할 겨를이 없이 갔다고 하였다. 죽지랑은 떡과 술을 가지고 낭도들을 이끌고 익선의 밭에서 일하고 있는 득오를 찾아갔다. 그러고는 득오에게 휴가를 주도록 익선에게 청하였다. 익선이 죽지랑의 청을 들어주지 않자, 옆에서 보고 있던 간진侃珍이란 사람이 벼 서른 섬을 익선에게 주겠다고 하였다. 그래도 익선이 허락하지 않자 진절珍節이란 사람이 말안장까지 주고서야 겨우 득오의 휴가를 받아내었다. 나중에 죽지랑이 죽은 다음 득오가 그를 추모하여 이 노래를 불렀다 한다.

처용가處容歌

동경 달 밝은 밤에
이슥토록 노닐다가
들어와 자리를 보니
다리가 넷이로구나

둘은 내 해인데
둘은 뉘 해인고
본디 내 해다마는
빼앗은 걸 어찌하리

동경 밝은 달에	東京明期月良
밤드리 노니다가	夜入伊遊行如可
들어와 자리 보곤	入良沙寢矣見昆
가로리 너히어라	脚烏伊四是良羅
두흘은 내 하었고	二肹隱吾下於叱古
두흘은 누기 하언고	二肹隱誰支下焉古
아이 내 하이다마란	本矣吾下是如馬於隱
바아날 엇지하리오	奪叱良乙何如爲理古
(삼국유사)	

▌ 신라 때 가요. 헌강왕 때 동해 용왕의 아들 처용이 사람으로 변하여 땅으로 나와 신라 서라벌, 곧 경주 성안에 들어가 어여쁜 여자에게 장가들었다. 어느 날 집에 돌아와 보니 열병을 퍼트리는 귀신이 자기 안해와 자고 있었다. 그런데 처용은 태연히 이 노래를 지어서 불렀다고 한다.

이 노래를 들은 열병 귀신은 처용의 너그러운 인품에 감복하여, 그 뒤로 처용의 화상만 보아도 도망을 쳤으므로 사람들은 집집마다 처용의 화상을 붙여 열병에 걸리는 재난을 면하였다고 한다.

처용의 이야기는 처용무, 처용희處容戱 등으로 극 형식을 띠고 발전하였다. 《악학궤범》을 보면 해마다 섣달 그믐날 잡귀를 쫓는 나례 때 처용희가 성대히 베풀어졌다고 한다.

혜성가彗星歌

동쪽 옛 나루
건달파[1] 노니는 고장을 바라보고
왜병이 들어왔다고
변방에서 봉화를 올리는구나

세 화랑이 명산 유람 간다는 말 듣고
달수를 부지런히 혜는데
길쓸별을 바라보면서
혜성이라고 하는 사람이 있다[2]

아아, 별이 드르르 떠 갔더라
벗아, 무슨 불길한 혜성이 있을까

---

1) 불교 전설에서 노래와 춤을 맡은 부처. 여기서는 풍류에 능한 화랑들을 가리킨다.
2) 혜성은 꼬리가 길게 뻗어서 '추성箒星', 곧 빗자루별 또는 길쓸별이라고도 한다. 여기서는 빗자루별이 화랑들이 갈 길을 쓸려고 나타났는데 왜 불길한 혜성이라고 하느냐는 뜻이다. 옛사람들은 혜성을 '요성妖星'이라고 하여 불길한 징조로 생각하였다.

옛 동ㅅ 나라	舊理東尸汀叱
건달파의 놀은 잣할란 바라고	乾達婆矣遊烏隱城叱肹良望良古
왜군도 옷다	倭理叱軍置來叱多
봉 사룬 가에 고야	烽燒邪隱邊也藪耶
세 꽃이 오람 보샤오리 듣고	三花矣岳音見賜烏尸聞古
달도 브지리 혜렬 바예	月置八切爾數於將來尸波衣
길쓸별이 바라고	道尸掃尸星利望良古
혜성야 살바야 사람이 있다	彗星也白反也人是有叱多
아야 다라라 떠가 있더라	後句 達阿羅浮去伊叱等邪
이버댜 갓브솜 혜기 있을꼬	此也友物北所音叱彗叱只有叱故
(삼국유사)	

▮ 신라 때 가요. 진평왕 때 거열랑居烈郎, 실처랑實處郎, 보동랑寶同郎 세 화랑이 무리를 이끌고 금강
산 유람을 가려다가 혜성이 나타나고 또 왜병이 침입해 들어와서 그만두었다. 그런데 융천이라는 중이
이 노래를 지어 불렀더니 혜성도 사라지고 왜병도 물러가서 드디어 세 화랑과 그 무리가 금강산으로
갔다 한다.
 이 노래는 '축사逐邪'의 노래로, 화랑들의 풍류를 기리며 융천의 신비로운 힘을 과시하고 있다.

잣나무 보며 원망하노니〔怨歌〕

한창 무성한 잣나무
가을이 되어도 이울지 않누나
너를 어찌 잊으랴 하시더니
우러러 뵈옵던 얼굴이 고쳐질 줄이야

달그림자 고인 연못에
흐르는 물결이 모래를 이기듯
그분의 모양을 바라보고 있으나
세상일은 이렇게 변해 가네

갓 좋이 잣이	物叱好支柏史
가을 안달 이브리 지매	秋察尸不冬爾屋支墮米
너 엇더히 잊어 가라친	汝於多支行齊敎因隱
울월던 낯이 고치샤혼디비야	仰頓隱面矣改衣賜乎隱冬矣也
달의 그리메 진 녜못이	月羅理影攴古理因淵之叱
널 물결 알로 모래의 이기다히	行尸浪 阿叱沙矣以攴如攴
즛이아 바라나	兒史沙叱望阿乃
누리도 지즈로 이운데야	世理都 之叱逸烏隱第也
……	(後句亡)
(삼국유사)	

▌ 신라 때 가요. 신충信忠이라는 사람이 제 억울함을 호소하여 지은 노래다.

본디 신충은 효성왕이 왕위에 오르기 전부터 아주 친한 사이였다. 하루는 효성왕이 신충과 잣나무 밑에서 바둑을 두다가 뒷날 높은 벼슬을 주겠노라고 잣나무를 두고 맹세하였다. 그 뒤 효성왕이 왕위에 올라 공로 있는 사람들에게 모두 벼슬을 주고 표창도 하였으나 신충만 잊어버렸다. 이에 신충이 이 노래를 지어 그 잣나무에 붙여 놓았더니 잣나무가 갑자기 시들어 버렸다. 왕이 이상하게 여겨 사연을 알아보라 하였더니, 신하들이 잣나무에 붙어 있는 신충의 노래를 가져왔다. 왕이 신충을 불러들여 벼슬을 주었더니 잣나무가 다시 살아났다고 한다.

본디 10구였다고 하나 지금은 마지막 두 구절이 없어져 전하지 않는다.

누이 생각〔祭亡妹歌〕

죽고 사는 길이란
마음대로 할 수가 없어
나는 간다는 말 한마디도
못하고 가 버렸는가

어느 가을날 이른 바람에
이리저리 굴러다니는 나뭇잎처럼
한 가지에서 나고
간 곳도 모르게 되었구나

아아, 저세상에서 다시 만날 것이니
내 정성들여 도 닦으며 기다리리라

죽살이 길은   生死路隱
이리 이샤미 저히고   此矣有阿米次肹伊遣
나는 가나다 말도   吾隱去內如辭叱都
못다 이르고 가나잇고   毛如云遣去內尼叱古
어느 가을 이른 바람에   於內秋察早隱風未
이리 저리 떨어질 잎다히   此矣彼矣浮良落尸葉如
하난 가재 나고   一等隱枝良出古

가는 곳 모르온저   去奴隱處毛冬乎丁
아야 미타찰에 맞보올   阿也 彌陀刹良逢乎
내 도 닦아 기다리고다   吾道修良待是古如
(삼국유사)

▌ 신라 때 가요. '도솔가'를 지은 월명이 일찍 죽은 누이동생을 위해 제사를 지내면서 이 노래를 지어
불렀다고 한다.

기파랑을 기리며 〔讚耆婆郎歌〕

우러러보니
뚜렷한 달은
흰 구름 따라 떠가지 않는구나

물빛 파란 나룻가에
기파랑의 모습이 그대로 있는 듯
일오내[1] 벼랑 아래서
낭이여, 그대가 지녔던
한없는 마음 따르리라

아아, 그대의 고결함은 참으로 높아서
서리도 범치 못할 푸른 잣나무 같아라

울워리치매   咽鳴爾處米
나토샨 달이   露曉邪隱月羅理
흰 구름 좇아 떠간 안디하   白雲音逐于浮去隱安攴下
물이 파란 나리여해   沙是八陵隱汀理也中

---

1) 정확히는 알 수 없으나 기파랑과 깊은 인연이 있는 시내 이름인 듯하다.

기랑의 즛이 있고야	耆郎矣皃史是史藪邪
일오 나리 벼라 아해	逸烏川理叱磧惡希
낭아 지니지 답샤온	郎也持以攴如賜烏隱
마음에 가아할 좇누아저	心未際叱肹逐內良齊
아야 잣가지 높호	阿耶 柏史叱枝次高攴好
서리 모라누올 꽃한야	雪是毛冬乃乎尸花判也
(삼국유사)	

▌ 신라 때 가요. 기파랑에 관한 기록이 남아 있지 않으나, 당시 사람들이 존경하던 화랑인 듯하다. 충담忠談이라는 중이 기파랑이 죽은 뒤에 그를 기리며 부른 노래다.

왕생을 빌며〔願往生歌〕

달아, 이제
서쪽을 지나가시는가
무량수불 앞에
말씀을 가져다 전해 다오

다짐이 깊으신 부처님 우러러
두 손 모아 아뢰기를
왕생을 비오 왕생을 비오 외는
사람이 있다고 아뢰다오

아아, 이 몸 버려두고
마흔여덟 큰 소원이 이루어지면 어이하나

달하 이제	月下伊底亦
서방 너려 가샤리고	西方念丁去賜里遣
무량수불 전에	無量壽佛前乃
여짜옴 다가디 삷고샤서	惱叱古音多可支白遣賜立
다짐 깊으샨 존 아해 울월디	誓音深史隱尊衣希仰支
두 손 모도 곧추 사뢰	兩手集刀花乎白良
원왕생 원왕생	願往生願往生

그릴 사람 있다 삷고샤셔   慕人有如白遣賜立
아야 이 몸 기텨 두고   阿邪 此身遣也置遣
사십팔대원 일우고샤가   四十八大願成遣賜去
(삼국유사)

▥ 신라 때 가요. 문무왕 때 광덕廣德은 짚신을 삼아 살아갔다. 그의 안해는 분황사 종이고 친구 엄장
嚴莊은 농사를 지었다. 세 사람 다 불심이 깊었다. 광덕이 죽자 엄장이 광덕의 안해더러 동침하길 요구
했다. 그러자 그 안해가, 광덕이 살아생전 불도를 닦으면서 한 번도 잠자리를 같이 하지 않았다며 크게
꾸짖었다. 그 뒤 엄장도 마음을 바로잡고 도를 닦아 극락세계로 갔다 한다. 이 노래는 광덕이 지었다고
한다.
 무량수불은 서방 정토에 있다는 아미타불을 말한다. 이 부처를 모시면 죽은 뒤 극락세계로 간다고
한다. 무량수불이 사람들을 건져 극락세계로 이끌기 위하여 마흔여덟 가지 큰 소원이 이루어지기를 석
가여래한테 빌었다고 한다.

안민가安民歌

임금은 아비며
신하는 자애로운 어미며
백성은 어린아이라 하니
백성들은 사랑해 주는 이를 아느니라

수레바퀴 굴대를 괴고 있는 갓난아이와 같은 백성들
이들을 먹여 주고 편안히 하여라
이 땅을 버리고 어디로 가겠느냐

나라를 보존할 방법이 있나니
아아, 임금은 임금답게 신하는 신하답게 백성은 백성답게 일하면
온 나라가 태평하리라

군은 아비야	君隱父也
신은 다아살 어이야	臣隱愛賜尸母史也
민은 어리한 아해고 하샬디	民焉狂尸恨阿孩古爲賜尸知
민이 다아리 알고다	民是愛尸知古如
구릿대할 나이 고이솜 갓나히	窟理叱大肹生以支所音物生
이할 머거디 다사라라	此肹喰惡支治良羅
이 따할 바리고디 어드리 가더 할디	此地肹捨遣只於冬是去於丁爲尸知

나라아디 디니디 알고다	國惡支持以攴知古如
아야 군다히 신다히 민안다히 하날단	後句 君如臣多攴民隱如爲內尸等焉
나라 아디 태평하니밋다	國惡太平恨音叱如

(삼국유사)

▌ 신라 때 가요. 경덕왕이 삼월 삼짇날 문루에 앉아서 신하들에게 거리에 나가 훌륭한 스님을 한 분 모셔오라고 하였다. 신하들이 잘 차려입은 중을 데려왔더니, 왕은 자기가 찾는 사람이 아니라며 돌려 보냈다. 그런데 누더기를 입은 웬 중이 남쪽에서 걸어오자 왕이 그 중을 기쁘게 맞이하고는 이름을 물 으니, 충담이라고 하였다. 경덕왕도 충담이 노래를 잘 지어 '찬기파랑가'도 지었음을 알고 있었다. 왕 이 충담에게 '백성을 다스려 편안하게 할 노래'를 지어 달라고 청하였다, 충담은 앉은자리에서 노래를 지어 부르니 바로 안민가이다. 왕이 아름답게 여겨 '왕사王師'로 삼으려 했으나 충담은 사양하였다.
　이 노래의 숨은 뜻은 임금이 백성을 다스려 편안하게 하기보다는 왕이며 신하, 백성들이 저마끔 제 본분을 다하면 나라가 편안하다는 것이다.

관음께 비나이다〔禱千手觀音歌〕

무릎을 꿇으며
두 손바닥을 모두어
천수관음 앞에
축원의 말씀 올립니다
천 개의 손과 천 개의 눈에서
하나를 내놓으시고 하나를 덜어 내시어
두 눈 다 먼 나의
한 눈을 고쳐 주옵소서

아아, 나를 건져 주신다면
그 자비심 내 삶의 뿌리로 되오리다

무릎을 구부리며	膝肹古召旀
두 손바닥 모호 괴누아	二尸掌音毛乎支內良
천수관음전 앞에	千手觀音叱前良中
빌이디 살블 두누호다	祈以攴白屋尸置內乎多
즈믄 손으로 즈믄 눈을	千隱手□叱千隱目肹
하다날 놓아 하다날 덜어내	一等下叱放一等肹除惡攴
두후 먼 내라	二于萬隱吾羅
하단아 주리 고티노홋다라	一等沙隱賜以古只內乎叱等邪

아야야 나애 기티디살단   阿邪也 吾良遺知支賜尸等焉

놓으되 쓸 자비야 불휘고   放冬矣用屋尸慈悲也根古

(삼국유사)

■ 신라 때 가요. 경덕왕 때 한기리漢歧里에 사는 여인 희명希明이 딸을 낳았는데 그 아이가 난 지 다섯 해 만에 두 눈이 멀었다. 희명이 아이를 안고 분황사에 가서 천수관음보살상 앞에서 이 노래를 지어 부르자 아이가 눈을 떴다고 한다.

도적에게 〔遇賊歌〕

제 마음이
하는 짓 모르던 날은
멀리 □□ 지나치고
이제는 숨어 살려 가노라

옳지 않은 파계주[1]의
무서운 모습에 다시금 돌아서노니
이런 칼이야 아무렇지도 않네
좋은 날을 물릴 수야 없지

아아, 오직 올라야 할 선의 둔덕
그것은 못 들어갈 큰 집이 아니라네

제 마음이   自矣心米
즛 모달 기달기려단 날   兒史毛達只將來吞隱日
멀오 □□ 지나치고   遠鳥逸□□過出知遣
이제단 숨어 가고소라   今吞藪未去遣省如

---

1) 부처의 계율을 파괴한 사람. 여기서는 도적들을 가리킨다.

오지 외혼 파계주	但非乎隱焉破□主
저흘 즛에 나외도 도랄라야	次弗□史內於都還於尸朗也
이 잠개르아 디나호	此兵物叱沙過乎
좋은 날 물려누호다니	好尸日沙也內乎呑尼
아아 오지 이 오람짓한 선릉은	阿耶 唯只伊吾音之叱恨隱㴩陵隱
안디 상댁 다외니다	安攴尙宅都乎隱以多
(삼국유사)	

▌ 신라 때 가요. 승려 영재永才가 늙어서 남악에 가 살려고 길을 떠날 때 대현령에 이르러 도적 떼를
만났다. 도적이 협박하는데 영재는 칼날 앞에서도 태연하였다. 도적들도 영재의 이름을 익히 들어온
터라 그 자리에서 노래를 하나 지으라고 하였다. 영재가 이 노래를 부르니 도적들이 감동하여 비단 두
끝을 내어 주었다. 영재는 비단을 땅에 던지고 웃으며 말하기를, "재물은 지옥으로 가는 근본이라. 세
상을 버리고 깊은 산에 들어가서 여생을 마치려 하거늘 어떻게 이런 것을 받겠느냐." 하였다. 도적들
은 그 말에 또 감동하여 칼을 던지고 영재와 함께 산속으로 들어갔다고 한다.

정읍사井邑詞

달하 높이곰 돋으샤
어기야 멀리곰 비취오시라
어기야 어강됴리
아으 다롱디리

전즌 져재 녀러신고요[1]
어기야 진 데를 디디올세라
어기야 어강됴리

어느이다 놓고시라
어기야 내 가는 데 점그랄세라[2]
어기야 어강됴리
아으 다롱디리

(악학궤범)

---

1) '져재'는 저자에(시장에)라는 말. '전즌'은 음악 용어인지 아니면 '온[全]'을 뜻하는 시어인지
분명치 않다.
2) 가는 앞길이 깜깜할세라. '내가 찾아가는 데 멈춰 기다리라.'는 뜻으로 해석하기도 한다.

▌백제 때 가요. 《고려사》 '악지'에, "백제 땅 정읍에 사는 사람이 장사하러 나가서 오래도록 돌아오지 않자, 안해가 산 위에 올라가 기다리면서 남편이 밤길을 오다가 무슨 해나 입지 않을까 하여 근심스러운 마음으로 이 노래를 지어 불렀다." 했다.

이 노래는 고려, 조선 시대에도 '삼국 시대 속악'으로 궁중 나례에서 '처용무', '봉황음', '삼진작'과 함께 연주되었다.

동동動動

덕德으란 곰배[1]에 받잡고
복福으란 림배에 받잡고
덕이여 복이여 호날
나아라 오소이다[2]
아으 동동다리

정월 나릿물은[3]
아으 어져 녹져 하는데[4]
누리 가운데 나곤
몸아 호올로 널셔
아으 동동다리

이월 보름에
아으 높이 켠 등불다호라

---

1) 곰배는 다음 줄의 '림배'와 함께 여러 가지로 해석하는데, 배의 앞머리를 '이물' 뒷머리를 '고물'
   이라고 하는 것으로 보아 '뒷배, 앞배'로 해석하기도 하고, '곰배님배', '곰비임비' 같은 말로 보
   아 '쉬지 않고 계속'이란 뜻으로 보기도 한다.
2) 나아오십시오. 나타나 오십시오.
3) 냇물은.
4) 얼며 녹으며 하는데.

만인 비취실 즛5)이샷다
아으 동동다리

삼월 나며 개開한
아으 만춘滿春 달욋꽃이여6)
남이 브롤 즛을7)
지녀 나셨다
아으 동동다리

사월 아니 잊어
아으 오실셔 꾀꼬리새여
무심다 녹사錄事님은8)
옛 나를 잊고신져
아으 동동다리

오월 오일에
아으 수릿날 아침 약은
즈믄 햏 장존長存하샬
약이라 받잡노이다
아으 동동다리

---

5) 모습.
6) 오얏꽃이여, 또는 진달래꽃이여.
7) 남이 부러워할 모습을.
8) 무심하다, 녹사님은. '녹사'는 벼슬 이름.

유월 보름에
아으 별에 바룐 빗다호라[9)
돌아보실 님을
조꼼 좆니노이다
아으 동동다리

칠월 보름에
아으 백종百種 배排하여 두고[10)
님을 한데 녀가져
원願을 비옵노이다
아으 동동다리

팔월 보름만
아으 가배날이마란[11)
님을 뫼셔 녀곤
오늘날 가배샷다
아으 동동다리

구월 구일에
아으 약이라 먹는

---

9) 벼랑에 버린 빗다워라.
10) 7월 15일을 백중날이라고 하여 여러 가지 곡식과 과일을 차려 놓고 제사를 지낸다.
11) 한가윗날이지마는.

황화黃花 꽃이 안에 드니
새셔가 만하여라[12]
아으 동동다리

시월에
아으 져미연 바랏다호라[13]
꺾어 버리신 후에
지니실 한 분이 없으샷다
아으 동동다리

십일월 봉당 자리에
아으 한삼汗衫 덮어 누워
슬할사라온뎌[14]
고운 일 스싀음[15] 녈셔
아으 동동다리

십이월 분디 남기로 깎은
아으 나알 반盤의 저다호라[16]

---

12) 계절이 이미 늦었구나. '새셔가 가만하여라'로 보아 '향기가 퍼져 은은하다.' '초가집이 조용하구
   나.' 같은 여러 가지 뜻으로 풀고 있다.
13) 저며 놓은 바랏다워라. '바랏'은 보리수 열매.
14) 슬픈 일이로구나.
15) '여의고', '스스로', '제가끔' 등 여러 가지로 해석한다.
16) 큰상 위의 젓가락다워라.

님의 앞에 들어 얼이노니[17]
손이 가져다 물으옵노이다[18]
아으 동동다리

(악학궤범)

▌ 고려 때 가요. 본디는 달거리 형식의 고구려 가요다.

《조선왕조실록》에 따르면, 젊은이들 사이에 동동 노래가 하도 유행하여 '동동파' 라는 말까지 생겼으며, '동동' 은 춤으로도 오랜 세월을 두고 전해 내려왔다. 성종 때 중국 사신이 와서 '동동춤' 을 보고 무슨 춤이냐고 물으니, 성종이 "이 춤은 고구려 때부터 있던 것인데 '동동춤' 이라고 한다." 하였다. 실학파 학자 이익은 '동동' 의 말뜻은 광대들이 입으로 북소리를 흉내 낸 것이라고 하였다.

'동동' 과 같은 노래 형식은 오늘날 '오동동추야', '꽃싸움 놀이', '청상 노래', '각설이 타령' 에서도 볼 수 있다.

17) 님의 앞에 가져다 가지런히 놓으니.
18) 손님이 가져다 입에 무읍니다.

사모곡思母曲

호미도 날이언마라난
낫같이 들 리도 없으니이다
아바님도 어이어신마라난
위 덩더둥셩
어마님같이 괴실 이 없어라
아소 님하, 어마님같이 괴실 이 없어라
(악장가사)

▌백제 때 가요. 어머니의 사랑이 지극함을 낫과 호미에 견주어 읊은 노래다. 《고려사》 '악지'에 이름만 기록되어 있는 '목주'라는 노래로 추정된다. 목주 노래에 딸려 있는 설화는 다음과 같다.

목주 땅에 한 처녀가 아버지와 계모에게 효성을 다하였으나 아버지가 계모의 간사한 말을 듣고 딸을 내쫓았다. 딸이 어떤 산중에 이르러 석굴 속에 사는 노파를 만나 자기 사정을 말하고 그곳에 머무를 수 있도록 해 달라고 하니 노파가 불쌍히 여겨 허락하였다. 처녀가 노파를 부모처럼 섬기자 노파는 처녀를 자기 아들과 혼인시켰다. 그 뒤 처녀는 친정 부모가 매우 가난하게 지낸다는 말을 듣고 자기 집으로 모셔다가 지극히 봉양하였으나 부모는 오히려 기뻐하지 않았다. 그래서 처녀가 이 노래를 지어 원망하였다고 한다.

조선 시대 학자 안정복도 《대록지大麓誌》를 쓰면서 '사모곡'을 대록군의 노래로 보았는데, 대록군은 곧 목주(지금의 청주)의 옛 이름이다.

운율 형식이나 감탄사들이 '향가'와 비슷하다.

방아 타령〔相杵歌〕

듦기동 방아나 찧어 히애[1]
게우즌[2] 밥이나 지어 히애
아바님 어마님께 받잡고 히야해
남거시든 내 먹으리 히야해 히야해

(시용향악보)

▍ 고려 때 가요. 5세기에 백결 선생이라는 음악가가 집이 하도 가난하여 설이 닥쳐도 떡을 해 먹을 수
가 없었다. 옆집에서 떡 치는 소리를 듣고 안해가 한탄하자 거문고를 울리며 방아 타령을 불러 안해를
위로하였다고 한다.
　백결 선생이 부른 방아 타령은 '대악碓樂' 이라는 이름으로 널리 전하였으며 오늘날 방아 타령의 시
초이다. 《시용향악보》에 '상저가' 라는 이름으로 전하는 이 노래가 지금 남아 있는 방아 타령 중에서는
가장 오래된 노래다.

---

1) '히애' 는 '히야해' 와 함께 흥을 돋우는 말.
2) 거우. '거친' , '개궂은' 으로 해석하기도 한다.

비두로기 노래〔維鳩曲〕

비두로기 새는

비두로기 새는

울음을 울으되

버곡당이야

난 좋아

버곡당이야

난 좋아

(시용향악보)

▌ 고려 때 가요. 노래가 첫 절만 전하므로 내용을 정확하게 알 수 없으나, '버곡당이야 난 좋아.' 는
'뻐꾹새가 난 좋아.' 라는 뜻이다.

《고려사》 '악지' 에 '벌곡조伐谷鳥' 라는 노래 이름이 나오는데, 이 노래가 '벌곡조' 의 한 부분인 듯
하다.

이상곡履霜曲

비 오다가 개어 아 눈 하 지신 날에[1]
서린 석석사리[2] 좁은 굽도신 길에
다롱디우셔 마득사리 마득너즈세 너우지[3]
잠 따간[4] 내 님을 여겨 깃단 열명길에 자러 오리잇가
종종 벽력霹靂 생함타무간生陷墮無間 고대셔 스러질 내 몸이[5]
종 벽력 아 생함타무간 고대셔 스러질 내 몸이
내 님 두옵고 년뫼를 걸으리
이러쳐 저러쳐 이러쳐 저러쳐 기약期約이잇가
아소 님하, 한데 녀졋 기약이이다[6]
(악장가사)

▌고려 때 가요. '이상곡'이란 여인들이 서리를 밟듯이 뜻을 굳게 지니라는 뜻인 듯하다.

1) 눈 많이 내린 날에.
2) 서려 있는 나무숲. '서리는 버석버석'으로 풀기도 한다.
3) 뜻 없이 홍 돋우는 말인 듯.
4) 잠을 빼앗아 간.
5) 종종 벽락이 쳐 산 채로 무간지옥에 떨어져 고대 죽어 갈 내 몸이.
6) 함께 살자는 기약입니다.

처용가處容歌

신라 성대 소성대昭盛代
천하태평 라후덕羅侯德[1]
처용 아바
이시인생以是人生에 상불어相不語 하시란대[2]
이시인생以是人生에 상불어相不語 하시란대
삼재팔난三災八難이 일시 소멸하샷다

어와 아비 즛이여 처용 아비 즛이여
만두삽화滿頭揷花[3] 계오샤 기울어신 머리에
아으 수명장원壽命長願하샤 넙거신 이마에
산상山象 이슷[4] 깅어신 눈썹에
애인상견愛人相見하샤[5] 오알어신 눈에
풍입영정風入盈庭하샤[6] 우글어신 귀에

---

1) 고통을 참아 온 덕. 라후는 불교에서 고통을 잘 참는 부처의 이름.
2) 이리하여 인간 세상에서 말을 삼가면.
3) 머리에 가득 꽂은 꽃.
4) 산 비슷한.
5) 사람을 사랑하는 마음으로 보시어.
6) 온 뜰 안에 바람이 불어와.

홍도화紅桃花같이 붉으신 모양에[7]
오향五香 맡으샤 웅크리신 코에
아으 천금千金 먹으샤 어위어신 입에[8]
백옥 유리같이 하야신 이빨에
인찬복성人讚福盛하샤 미나거신 턱에[9]
칠보七寶 계우샤 숙이신 어깨에
길경吉慶 계우샤 늘이어신 소맷길에[10]
설믜 모도와[11] 유덕有德하신 가슴에
복지구족福智俱足하샤 부르거신 배에
홍정紅鞓 계우샤[12] 굽으신 허리에
동락태평同樂太平하샤 길어신 허튀에[13]
아으 계면界面 돌아샤[14] 넙거신 발에
누가 지어 세니오[15] 누가 지어 세니오
바늘도 실도 없이 바늘도 실도 없이
처용 아비를 누가 지어 세니오
마아만 마아만 한 이여[16]

---

7) 붉어진 얼굴에.
8) 넓어진 입에.
9) 사람들의 칭찬과 복을 받아 믿고 나간 턱에.
10) 긴 끈을 달아 늘어뜨린 소매에. 길경은 춤출 때 소매에 달아매는 긴 끈.
11) 지혜가 많아서.
12) 붉은 가죽 띠 무거워.
13) 함께 즐기고 크게 편안하시어 길어진 다리와.
14) 여러 방면을 돌아다녀서.
15) 누가 지었는가.
16) '어마어마한 어른이여', '많고 많은 사람들이여.' 등 여러 가지로 해석한다.

십이제국十二諸國이 모다 지어 세온
아으 처용 아비를 마아만 마아만 한 이여
머자 외야자 녹리綠李야[17]
빨리나 내 신고할 매어라
아니옷 매시면 나리어다 멎은 말[18]

동경東京 밝은 달에 새도록 노니다가
들어 내 자리를 보니 가랄이 네히로새라
아으 둘은 내 해어니와 둘은 뉘 해어니오

이런 적에 처용 아비옷 보시면
열병 신熱病神이야 회膾 갓이로다[19]
천금을 주리어 처용 아바
칠보를 주리어 처용 아바
천금 칠보도 말오
열병 신을 날 잡아 주소서
산山이여 뫼이여 천리千里 외外에
처용 아비를 어여려거져[20]
아으 열병 대신大神의 발원이샷다

(악학궤범)

---

17) 버찌야, 오얏아, 녹리야. 열병 신이 과일들을 불러 자기의 신코를 매라는 것인데 왜 과일들을 불
   렀는지 알 수 없다. 처용을 모시는 신하들의 이름으로 보기도 한다.
18) 내리리다, 마지막 말이. '멎은 말'은 '궂은 말'로 풀기도 한다.
19) 회를 칠 감이로다. 죽여야 할 것이로다.
20) 피해서 가고자.

처용

신라에 처용이란 늙은이 있어
푸른 바다에서 나왔다고 한다네
흰 이빨 붉은 입술로 달 밝은 밤이면 노래 부르고
어깨 들썩이며 붉은 소매로 봄바람에 너울너울 춤을 춘다네
新羅昔日處容翁　見說來從碧海中
貝齒赬脣歌夜月　鳶肩紫袖舞春風
(익재난고 소악부)

▌고려 때 가요.

　처용에 대한 기록은 《삼국사기》, 《삼국유사》, 《고려사》, 《동국통감》 등에 많이 나오는데 내용이 조금씩 다르다. 고려 때 궁중에서 '구나驅儺' 곧 재난을 쫓는 의식으로 '처용희'를 하고 처용무를 추었으며 조선에 와서도 계속되었다.

　이 가요는 고려 때 처용희를 노래한 것 같다. 첫머리에 "신라 성대 소성대"라는 말이 있는 것으로 보아 신라 때 노래라고도 하나 신라 노래라기보다 처용이 신라 사람이기 때문에 이렇게 시작한 것이다.

　향가 '처용가'에서는 처용이 열병 신을 너그럽게 용서해 주는데 이 가요에서는 열병 신을 미워하며 멀리 내쫓고 있다. 처용에 대한 인식이 시대에 따라 달라졌음을 보여 주는 대목이다.

　조선 시대 실학자 이익李瀷은 처용을 색다른 사람으로 얼굴과 옷차림이 괴상한 배우였다고 하였다. 그러면서 처용이 헌강왕 옆에서 노래와 춤으로 왕을 풍자했으나 헌강왕이 더욱더 부화방탕한 생활을 하자 슬쩍 사라져 버린 것이라 하였다.

　처용이 사라진 뒤에 사람들이 처용을 신인으로 여겼으며 무당들은 처용을 더욱 신비하게 만들어, 처용은 어느덧 인간의 병과 불행을 없애 주는 '수호신'으로 되었다. 처용은 이름이 '제웅'으로 변하여 민간에서 제웅을 만들어 액막이로 썼으며, 또 처용의 형상을 문에 그려 붙여 전염병을 막을 수 있다고 생각하였다.

정과정鄭瓜亭

내 님을 그리자와 우니다니
산접동새 난 이슷하요이다
아니시며 거츠르신들[1] 아으
잔월효성殘月曉星이 알으시리이다
넋이라도 님은 한데 녀져라[2] 아으
벼기더신 이 뉘러시니잇가[3]
과過도 허물도 천만 없소이다
말힛 마리신더[4]
살읏브뎌[5] 아으
님이 나를 하마 잊으시니잇가
아소 님하 도람 들으사 괴오쇼셔[6]

(악학궤범)

---

1) (사실이) 아니며 거짓인 줄을.
2) 가고 싶어라.
3) 우기시던 사람 누구입니까.
4) 깨끗이 끊어 버리시니. '무리들의 참소이니', '슬프게 하지 마실진저'로 보기도 한다.
5) 서러운저. '사라지고 싶은저'로 보기도 한다.
6) 도로 (제 사정을) 들어 보시고 사랑하소서.

정과정

날마다 눈물로 옷을 적시며
봄산의 두견새처럼 슬피 운다네
왜 그렇게 사느냐고 물어보지 마시라
이 마음은 새벽달과 샛별이나 알아주리

憶君無日不霑衣　政似春山蜀子規

爲是爲非人莫問　只應殘月曉星知

(익재난고 소악부)

고려 때 가요. '정과정'은 고려 중엽 정서鄭敍라는 사람의 호이다.

《고려사》'악지'에 따르면, 정서는 조정에서 내시낭중 자리에 있었는데 역모에 가담했다는 누명을
쓰고 귀양을 가게 되었다. 그때 왕은 곧 다시 부르마 하였는데, 세월이 흘러도 조정으로 오라는 기별이
없었다. 정서는 거문고를 어루만지며 이 노래를 지어 불렀다고 한다. 이 노래는 이제현이 한시로 옮긴
것도 전한다.

《악학궤범》에는 이 노래를 '삼진작三眞勺'이라는 표제 아래 수록하였는데 '진작'이란 노래 곡조의
빠르고 느림을 표시한 용어이다. 제목은《고려사》'악지'의 것을 따랐다.

서경별곡西京別曲

서경西京이 아즐가[1]
서경이 서울히마르는
위 두어렁셩 두어렁셩 다링디리

닦은 데[2] 아즐가
닦은 데 소성경小城京 괴요마른[3]
위 두어렁셩 두어렁셩 다링디리

여의므론[4] 아즐가
여의므론 길쌈베 바리시고
위 두어렁셩 두어렁셩 다링디리

괴시란대 아즐가
괴시란대 우러곰 좇니노이다[5]

---

1) '아닐까' 의 뜻으로 풀이하기도 하나, 뜻이 없는 감탄사인 것 같다.
2) 잘 꾸며 놓은 곳.
3) 사랑하지마는.
4) 여의기보다는, 이별하기보다는.
5) 사랑하신다면 우러러 좇아가리다. '울면서 좇아가리다' 로 보기도 한다.

위 두어렁셩 두어렁셩 다링디리

구슬이 아즐가
구슬이 바위에 지신들[6]
위 두어렁셩 두어렁셩 다링디리

끈잇단 아즐가
끈잇단 그치리잇가[7] 나난
위 두어렁셩 두어렁셩 다링디리

즈믄 해를 아즐가
즈믄 해를 외오곰 녀신들
위 두어렁셩 두어렁셩 다링디리

신信잇단 아즐가
신잇단 그치리잇가 나난
위 두어렁셩 두어렁셩 다링디리

대동강 아즐가
대동강 넓은지 몰라서
위 두어렁셩 두어렁셩 다링디리

---

6) 떨어진들.
7) 끈이야 끊기겠습니까.

배 내어 아즐가
배 내어 놓은다 사공아
위 두어렁셩 두어렁셩 다링디리

네 각시 아즐가
네 각시 럼난지 몰라서[8]
위 두어렁셩 두어렁셩 다링디리

널 배에 아즐가
널 배에 얹은다[9] 사공아
위 두어렁셩 두어렁셩 다링디리

대동강 아즐가
대동강 건너편 꽃을여
위 두어렁셩 두어렁셩 다링디리

배 타 들면 아즐가
배 타 들면 꺾으리이다 나난
위 두어렁셩 두어렁셩 다링디리
(악장가사)

---

8) 네가 시럼난지 몰라서' 곧 '근심하는 줄 몰라서'의 뜻으로 해석하기도 하고 '네 각시 럼난지 몰
라서'로 보고 '럼난지'를 '넘노는 줄'로도 해석한다. '넘놀다'는 함부로 논다는 뜻.
9) 가는 배에 태웠느냐.

서경별곡

바위 위에 구슬 꿰미 떨어진들

구슬 끈이야 끊어지리까

님과 천년을 헤어져 산들

붉디붉은 이 마음이야 변하오리까

縱然巖石落珠璣 纓縷固應無斷時

與郎千載相離別 一點丹心何改移

(익재난고 소악부)

고려 때 가요. '서경별곡'은 평양에 관한 별곡체 노래라는 뜻이다.

이 노래는 당시 유행하던 노래들을 민요조에 담았으나, 대동강에서 정든 사람과 이별하는 연연한 정이 노래 전체에 흐르고 있다.

후렴구의 '위 두어렁성 두어렁성 다링디리'는 '동동'의 후렴구와 비슷한 북소리를 연상시키며 근대민요 '두리둥실', '둥게디야' 등의 후렴구에 모습이 남아 있다.

정석가鄭石歌

딩아 돌하 당금當今에 계샤이다[1]
딩아 돌하 당금에 계샤이다
선왕先王 성대聖代에 노니아와지이다

삭삭기 세모래 별혜[2] 나난
삭삭기 세모래 별혜 나난
구운 밤 닷 되를 심고이다
그 밤이 움이 돋아 싹 나거시아
그 밤이 움이 돋아 싹 나거시아
유덕하신 님을 여의아와지이다

옥으로 연꽃을 사교이다[3]
옥으로 연꽃을 사교이다
바위 위에 접주接柱하요이다[4]
그 꽃이 삼동三同[5]이 피거시아

---

1) 계십니다.
2) 사각사각 가는 모래 벼랑에.
3) 새깁니다.
4) 맞붙여 심나이다.

그 꽃이 삼동이 피거시아
유덕하신 님 여의아와지이다

무쇠로 철릭[6]을 말아 나난
무쇠로 철릭을 말아 나난
철사로 주름 박으이다
그 옷이 다 헐어시아
그 옷이 다 헐어시아
유덕하신 님 여의아와지이다

무쇠로 한 소[7]를 지어다가
무쇠로 한 소를 지어다가
철수산鐵樹山[8]에 놓으이다
그 소가 철초를 먹어야
그 소가 철초를 먹어야
유덕하신 님 여의아와지이다

구슬이 바위에 지신들
구슬이 바위에 지신들
끈잇단 그치리잇가

---

5) 세 돌림, 세 아름, 또는 '세 송이'로 해석하기도 하고 '삼동三冬', 곧 '한겨울'로 풀기도 한다.
6) 무관의 공복.
7) 큰 소.
8) 무쇠나무가 자라는 산.

즈믄 해를 외오곰 녀신들

즈믄 해를 외오곰 녀신달

신信잇단 그치리잇가

(악장가사)

▌고려 때 가요. 노래 형식이 다른 고려 가요들과 공통점이 많으며 마지막 연이 '서경별곡'의 가사와
같은 것으로 보아 당시에 널리 유행한 노래인 듯하다. 《시용향악보》에는 '평조', '계면조' 통요라고
음조를 밝히고 이 노래의 제1연만 수록하였다.

　　노래 이름이 '정석가'인 것을 놓고서는, 첫 구절 '딩아 돌하'의 '딩'과 '돌'을 한자로 기록한 것이
라는 설과 '정석'이라는 사람을 사랑하는 이가 이 노래를 지어 '정석가'라고 한다는 설이 있다.

가시리

가시리 가시리잇고 나난
바리고 가시리잇고 나난
위 증즐가 태평성대

날러는 엇디 살라 하고
바리고 가시리잇고 나난
위 증즐가 태평성대

잡사와 두어리마나난
선하면 아니 올세라[1] 나난
위 증즐가 태평성대

설온 님 보내옵나니 나난
가시는 듯 도셔오쇼셔 나난
위 증즐가 태평성대

(악장가사)

---

1) 잡아 두면 좋겠지만 서운하면 아니 오실세라. '선하면' 은 '선뜻', '잘못하면' 으로 해석하기도 한
다.

▌ 고려 때 가요. 《시용향악보》에는 '귀호곡歸乎曲'이라는 곡조 이름으로 전한다.

고구려 장수 온달이 죽었을 때 평강 공주가 관을 어루만지며 부른 '귀호곡'에서 온 노래라는 학설이 있다. 평강 공주가 "죽고 삶이 갈라졌으니, 아아 돌아오시라." 하며 통곡했다고 하는데, 이 '가시리'의 내용도 평강 공주의 심정과 비슷한 점이 있다.

남편이나 연인과 이별하는 여성의 심정을 애절하게 노래하고 있다. 이 작품은 김소월의 시 '진달래꽃'의 정서로 이어지고 있다.

청산별곡青山別曲

살어리 살어리랏다
청산에 살어리랏다
머루랑 다래랑 먹고
청산에 살어리랏다
얄리얄리 얄라셩 얄라리 얄라

울어라 울어라 새여
자고 일어 울어라 새여
널라와 시름 한 나도
자고 일어 우니노라
얄리얄리 얄라셩 얄라리 얄라

가던 새 가던 새 본다
물 아래 가던 새 본다
잉 묻은 장글란 가지고[1]

---

1) '이끼 묻은 쟁기를 가지고'로 해석하여 이끼 묻은 농기구를 든 채 물을 따라 날아가는 새를 본다
고 해석하기도 하고, '날이 무딘 병기를 가지고'로 해석하여 자기의 무능을 한탄하면서 물에 비친
새를 바라본다고 해석하기도 한다. '가던 새'는 '갈던 밭'으로도 해석한다.

물 아래 가던 새 본다
얄리얄리 얄라셩 얄라리 얄라

이렁공 저렁공 하여
낮으란 지내와손저[2]
올 이도 갈 이도 없는
밤으란 또 어찌 호리라
얄리얄리 얄라셩 얄라리 얄라

어디라 던지던 돌코
누리라 맞히던 돌코
믤 이도 괼 이도 없이[3]
맞아서 우니노라
얄리얄리 얄라셩 얄라리 얄라

살어리 살어리랏다
바다에 살어리랏다
나마자기 구조개[4]랑 먹고
바다에 살어리랏다
얄리얄리 얄라셩 얄라리 얄라

---

2) 낮에는 지내지마는.
3) 미워할 사람도 사랑할 사람도 없이.
4) 나마자기는 '나문재' 라고도 하는 풀. 구조개는 굴과 조개.

가다가 가다가 듣노라

에정지⁵⁾ 가다가 듣노라

사사미 짐대에 올라서⁶⁾

해금을 켜거늘 듣노라

얄리얄리 얄라셩 얄라리 얄라

가다니⁷⁾ 배부른 독에

설진 강수⁸⁾를 빚어라

조롱꽃 누룩이 매워⁹⁾

잡사와니 내 어찌하리잇고¹⁰⁾

얄리얄리 얄라셩 얄라리 얄라

(악장가사)

---

5) '새 고장'이라고 해석하기도 하고, '정지'라는 말에 '에'라는 말이 붙어 '외딴 부엌', '작은 부
엌'이라고도 한다. 또 '들판'으로 보기도 한다.

6) '사슴이 짐대에 올라서'로 해석하여 높은 벼슬아치를 풍자하는 말, 곧 사슴이 짐대에 올라서 해
금을 타는 것처럼 돼먹지 못한 놈이 높은 자리에 올라서 망령을 부린다는 뜻이라는 사람도 있으
며, '사사미'를 '사라미'의 잘못된 기록으로 보고 '사람이 짐대에 올라서'라고 해석하는 사람도
있다.

7) '가더니'로 해석하는 설도 있고 '가다니?' 하고 반문하는 말로 풀어 마지막 구절 '잡사와니 내
어찌하리잇고'와 연결 지어 '가다니? 가지 말라고 잡는데 내 어찌 가리오.'로 해석하기도 한다.
'가다 보니'로 풀기도 한다.

8) 강한 술, 독한 술.

9) 조롱박꽃처럼 생긴 누룩이 매워. 누룩이 잘 발효되었다는 뜻.

10) '잡숫는 걸 내 어찌하리까.'라고 풀기도 하고, '가지 말라고 붙잡는 걸 내 어찌하리까.'라고 풀
기도 한다.

▌고려 때 가요. 이 노래를 지은 사람에 대하여 여러 가지로 추측하고 있으나 후렴구가 반복되는 민요 형식의 노래이니만큼 당시 유행하던 노래들이 모여서 이루어진 것 같다.

이 노래는 고려 가요들 가운데서도 가장 완성된 것이며 운율의 반복이나 아름다운 말들이 반복되어 읽는 사람한테 밝고 정다움을 안겨 준다. '얄리얄리 얄라셩 얄라리 얄라' 의 후렴구는 후세에 전하여 《시용향악보》에도 이 후렴과 유사한 것들이 있으며 '아리아리 아리랑 아라리요' 에서도 흔적을 볼 수 있다.

쌍화점雙花店

쌍화점1)에 쌍화 사러 가고신댄
회회回回 아비2) 내 손목을 쥐여이다
이 말씀이 이 점店 밖에 나명들명
다로러거디러
조그마한 새끼 광대 네 말이라 하리라
더러둥셩 다리러디러 다리러디러 다로러거디러 다로러
그 자리에 나도 자러 가리라
위위 다로러거디러 다로러
그 잔 데같이 젊거츤 이3) 없다

삼장사三藏寺에 불 켜러 가고신댄
그 절 사주社主가 내 손목을 쥐여이다
이 말씀이 이 절 밖에 나명들명
다로러거디러
조그마한 새끼 상좌 네 말이라 하리라

---

1) 만두 가게.
2) 아라비아 상인. 또는 몽고 사람으로 보기도 한다.
3) 질척하고 거친 곳.

더러둥셩 다리러디러 다리러디러 다로러거디러 다로러
그 자리에 나도 자러 가리라
위위 다로러거디러 다로러
그 잔 데같이 젊거츤 이 없다

두레우물에 물을 길러 가고신댄
우물 용이 내 손목을 쥐여이다
이 말씀이 이 우물 밖에 나명들명
다로러거디러
조그마한 두레박아 네 말이라 하리라
더러둥셩 다리러디러 다리러디러 다로러거디러 다로러
그 자리에 나도 자러 가리라
위위 다로러거디러 다로러
그 잔 데같이 젊거츤 이 없다

술 팔 집에 술을 사러 가고신댄
그 집 아비 내 손목을 쥐여이다
이 말씀이 이 집 밖에 나명들명
다로러거디러
조그마한 싀구박⁴⁾아 네 말이라 하리라
더러둥셩 다리러디러 다리러디러 다로러거디러 다로러
그 자리에 나도 자러 가리라

---

4) '술 바가지'로 보기도 하고 더러운 시궁 물을 퍼내는 바가지로 보기도 한다.

위위 다로러거디러 다로러

그 잔 데같이 졈거츤 이 없다

(악장가사)

삼장사三藏寺

삼장사에 불 켜러 갔더니

주지가 내 손목을 잡았다네

이 소문이 절 밖에 나갔다만 봐라

상좌야, 네가 퍼뜨린 줄 알겠다

三藏寺裡點燈去　有社主兮執吾手

儻此言兮出寺外　謂上座兮是汝語

(고려사 악지)

▌고려 때 가요. 고려 충렬왕 때 지어진 노래다. 충렬왕이 잔치 음악을 좋아하여 오잠, 김원상, 석천
보, 석천경 등에게 자주 노래를 짓게 했다는《고려사》의 기록으로 보아 궁중에서 지어 부른 노래인 듯
하다. 고려 사회의 자유분방한 성 의식이 반영되어 있어 조선 성종 때 '남녀상열지사男女相悅之詞' 라
하여 이 노래를 부르지 못하게 했으나, 조선 후기까지 불렀다.

　'삼장사' 는 '쌍화점' 의 한 부분을 한시로 옮긴 것이다.

만전춘별사滿殿春別詞

얼음 위에 댓닢자리 보아
님과 나와 얼어죽을망정
얼음 위에 댓닢자리 보아
님과 나와 얼어죽을망정
정 둔 오늘 밤 더디 새오시라, 더디 새오시라

경경耿耿 고침상孤枕上에 어느 잠이 오리오
서창西窓을 열어하니 도화가 발發하도다
도화는 시름 없어 소춘풍笑春風하나다, 소춘풍하나다

넋이라도 님을 한데 녀닛경景 여기다니
넋이라도 님을 한데 녀닛경景 여기다니
벼기더신 이 뉘러시니잇가, 뉘러시니잇가

올하 올하 아련 비올하[1]
여울은 어디 두고 소沼에 자러 온다
소곳 얼면 여울도 좋으니, 여울도 좋으니

---

1) 오리야 오리야 아련 비오리야.

남산南山에 자리 보아 옥산玉山을 베어 누워
금수산錦繡山 이불 안에 사향각시를 안아 누워
남산에 자리 보아 옥산을 베어 누워
금수산 이불 안에 사향각시를 안아 누워
약 든 가슴을 맞추옵사이다, 맞추옵사이다

아소 님하
원대평생遠代平生에 여일 줄 모르옵세

(악장가사)

▌ 고려 때 가요. '만전춘별사滿殿春別詞'라고도 하는데, 조선 시대에 윤회尹淮가 지은 '만전춘'과 구
별하기 위해서이다. 조선 사대부들은, 고려 때 노래들 대부분을 남녀상열지사라고 비방했는데 특히 이
만전춘이 몹시 심하다고 보았다. 이 노래가 다른 주제를 섞지 않고 순수하게 애정을 노래했다는 점 때
문이다. 음악으로서 '만전춘'은 조선조 여러 악곡에 영향을 준 것을 볼 수 있다. 문학에서 볼 때, 이 시
의 부분 부분이 시조의 형식과 가깝다는 것도 주목해야 할 점이다.

어부가

설빈어옹雪鬢漁翁이 주포간住浦間[1]하야샤
자언거수自言居水이 승거산勝居山이라 하나다[2]
　　배 떠라 배 떠라
조조早潮 재락纔落거늘 만조晩潮 래來하나다[3]
　　지곡총 지곡총 어사와 어사와[4]
일간명월一竿明月이 역군은亦君恩이샷다[5]

청고엽상青菰葉上에 양풍凉風이 기起커늘[6]
홍료화변紅蓼花邊에 백로白鷺 한閑하나다[7]
　　닻 들어라 닻 들어라
동정호리洞庭湖裏에 가귀풍駕歸風호리라[8]
　　지곡총 지곡총 어사와 어사와

1) 머리 흰 어부가 포구에 산다는 뜻.
2) 스스로 말하길 물이 산보다 더 좋다고 한다.
3) 아침 밀물이 물러간 다음 저녁 밀물이 들어오는구나.
4) 어부들이 노 저을 때 지르는 소리.
5) 달밤에 낚시질하는 것도 임금님 은혜로다.
6) 푸른 풀밭에 시원한 바람이 불거늘.
7) 붉은 여뀌풀 곁에 백로가 한가로이 서 있도다.
8) 동정호 속으로 바람 타고 들어가리라.

일생종적一生蹤跡이 재창랑在滄浪하도다[9]

진일범주연리거盡日泛舟煙裏去하고[10]
유시요도有時搖棹하여 월중환月中還하놋다[11]
  이어라 이어라
아심수처자망기我心隨處自忘機호라[12]
  지곡총 지곡총 어사와 어사와
일강풍월一江風月이 진어선趁漁船하도다

만사萬事를 무심 일조간無心一釣間하오니
삼공三公으로도 불환차강산不換此江山이로다[13]
  돛 달아라 돛 달아라
범급帆急하니 전산前山이 홀후산忽後山이로다[14]
  지곡총 지곡총 어사와 어사와
생래生來에 일가一舸로 진수신趁雖身호라

동풍서일東風西日에 초강심楚江深하니[15]
일편태기一片苔磯요 만류음萬柳陰이로다[16]

---

9) 한평생을 물에서 사노라.
10) 온 하루 배를 저어 안개 속을 가고.
11) 때로 노를 저어 달밤에 돌아오노라.
12) 내 마음은 이르는 곳 따라 세상사를 잊노라.
13) 자연을 즐기는 이 재미를 높은 벼슬과도 바꾸지 않겠노라.
14) 배가 빠르니 앞산이 문득 뒷산이 되도다.
15) 봄날 해질 무렵 강물은 깊으니.

이퍼라 이퍼라
녹평신세綠萍身世요 백구심白鷗心이로다[17]
　　지곡총 지곡총 어사와 어사와
격안어촌隔岸漁村이 양삼가兩三家로다

일척노어一尺鱸魚를 신조득新釣得하여[18]
호아취화적화간呼兒吹火荻花間호라[19]
　　배 세워라 배 세워라
야박진회夜泊秦淮하여 근주가近酒家호라[20]
　　지곡총 지곡총 어사와 어사와
일표一瓢에 장취長醉하여 임가빈任家貧호라[21]

낙범강구落帆江口에 월황혼月黃昏커늘
소점小店에 무등욕폐문無燈欲閉門이로다[22]
　　돛 디여라 돛 디여라
유조柳條에 천득금린귀穿得錦鱗歸로다[23]
　　지곡총 지곡총 어사와 어사와

---

16) 이끼 낀 낚시터엔 만 가지 버들로 그늘이 지는도다.
17) 부평초 같은 신세요 갈매기 같은 마음이로다.
18) 큰 농어 한 마리를 새로 낚아.
19) 아이 불러 갈대 사이에서 불을 지피노라.
20) 밤에 포구에 정박하니 술집이 가깝구나.
21) 술 한 바가지에 취해서 가난을 잊노라.
22) 조그만 가겟집 불 꺼지고 문을 닫으려 하누나.
23) 버들가지에 물고기를 꿰어 가지고 돌아오도다.

야조유향월중간夜潮留向月中看호리라[24]

야정수한어불식夜靜水寒魚不食이어늘[25]
만선공재월명귀滿船空載月明歸하노라[26]
　배 매어라 배 매어라
조파귀래釣罷歸來에 계단봉繫短蓬호리라[27]
　지곡총 지곡총 어사와 어사와
계주유유거년흔繫舟唯有去年痕이로다[28]

극포천공제일애極浦天空際一涯하니[29]
편범片帆이 비과벽유리飛過碧琉璃로다[30]
　아외여라 아외여라
범급帆急하니 전산前山이 홀후산忽後山이로다
　지곡총 지곡총 어사와 어사와
풍류미필재서시風流未必載西施니라[31]

일자지간상조주一自持竿上釣舟하음으로[32]

---

24) 밤 밀물을 달빛 아래 보리라.
25) 밤은 고요하고 물은 차가워 고기가 물지 않거늘.
26) 배에 달빛만 가득 싣고 돌아오노라.
27) 낚시질을 끝내고 돌아와 작은 배를 매어 두노라.
28) 작년에 배 매었던 자취가 남아 있도다.
29) 포구에서 바라보는 하늘이 멀고 아득하니.
30) 쪽배가 푸른 유리 같은 강물에 빨리 떠가도다.
31) 배 위에 미인을 실어야만 풍류로운 것은 아니니라.

세간명리진유유世間名利盡悠悠로다[33]
　이퍼라 이퍼라
도화유수궐어비桃花流水鱖魚肥하도다[34]
　지곡총 지곡총 어사와 어사와
애내일성산수록欸乃一聲山水綠하도다[35]

강산만래감화처江山晚來堪畫處에[36]
어옹피득일사귀漁翁披得一蓑歸로다[37]
　돛 덜어라 돛 덜어라
장강풍급랑화다長江風急浪花多하도다[38]
　지곡총 지곡총 어사와 어사와
사풍세우불수귀斜風細雨不須歸니라[39]

탁영가파정주정濯纓歌罷汀洲靜커늘[40]
죽경시문유미관竹徑柴門猶未關이로다[41]

---

32) 낚싯대를 들고 고깃배에 오른 때부터.
33) 세상 부귀영화가 참으로 꿈같아라.
34) 복사꽃 필 무렵 꺽지가 살찌도다.
35) 뱃노래 한 곡조에 산과 물이 더욱 푸르도다.
36) 저물녘 강산이 그림같이 아름다운 곳에.
37) 어부가 도롱이를 입고 돌아오누나.
38) 강에 바람이 세게 부니 물결이 많이 일도다.
39) 가는 바람 보슬비에는 돌아가지 않느니라.
40) '탁영가'를 다 부르니 강가가 조용하거늘. '탁영가'는 굴원屈原의 '어부사漁父辭' 가운데 "창
　랑滄浪의 물이 맑으면 내 갓끈을 씻고 창랑의 물이 흐리면 내 발을 씻으리." 에서 온 말이다.
41) 참대 우거진 길에 사립문은 아직 닫히지 않았구나.

서사라 서사라

계주유유거년흔繫舟猶有去年痕이로다

지곡총 지곡총 어사와 어사와

명월청풍일조주明月淸風一釣舟로다

(악장가사)

▌ 고려 때 가요. 이 노래는 국문으로 기록된 어부가들 가운데 가장 오래된 노래다. 정확한 연대는 알
수 없으나 고려 충목왕 이전부터 불린 듯하다.

벼슬길에서 물러났거나 벼슬살이를 단념한 선비가 낚시질로 세월을 보내는 한가로운 생활을 노래
했다. 한자가 많으나 조흥구나 후렴구들이 뱃노래의 운율을 가지고 있다.

이 노래는 16세기 초에 농암 이현보가 개작하였다는 기록이 있으며 17세기 초에 고산 윤선도가 이
노래를 바탕으로 '어부사시사'를 창작하였다. 《고산유고》에도 "고려 때부터 전해 내려오던 '어부가'
를 참고하여 '어부사시사'를 지었다."고 기록되어 있다.

나례가儺禮歌

나 영공羅令公 댁[1] 나례일儺禮日이
광대廣大도 금선金線이샤사이다[2]
긍에아 산굿받겻더시단[3]
귀의鬼衣도 금선이리라[4]
리라리러나 리라리라리
(시용향악보)

▎ 고려 때 가요. 나례 의식 때 부른 노래이다. 나례는 고려 때 성행한 행사로 전염병과 잡신을 내모는 의식이다. 왕궁 안에서는 섣달 그믐날과 삼월 그믐날, 구월 그믐날, 이렇게 1년에 세 차례 나례를 행하였으며 귀족들과 토호들의 집에서도 자주 베풀었다. 조선에 들어와서도 나례 의식을 했으나 고려 때처럼 성행하지는 않았다.

---

1) 당시 어느 큰 귀족 집을 가리키는 듯하다.
2) 나례 의식을 하는 광대도 금실로 선을 두른 좋은 옷을 입었다.
3) 산신제를 받들 때는. '긍에아' 는 흥을 돋우는 말로도 보고, '그곳에야' 로 풀기도 한다.
4) 귀신에게 주는 옷도 금실로 선을 두르리라.

종 노래

종아 종아 만석 종아
다락 같은 만석 종아
판간[1]에는 와 안 가고
예성강에 울며 가노
네가 울면 날이 새나
닭이 울어 날이 새지

종아 종아 만석 종아
다락 같은 만석 종아
진주 단성 비가 온다[2]
가지 말고 게 섰거라
가는 구름 비가 오나
멎은 구름 비가 오지

종아 종아 만석 종아
돌절구는 어데 갔노

---

1) 팔관회를 가리키는 듯.
2) 개성에서 노비들이 난을 일으켰다는 소문을 듣고 경상도 진주 지방에서도 노비들이 일어났다.

장장추야 긴긴밤에
방아 찧기 정 싫더라
바람 불고 비 올 적에
나무하기 정 싫더라

▌ 고려 때 가요. 이 노래는 1198년에 일어난 '만적의 난'과 관련 있다. 최충헌崔忠獻의 집 노비였던 만적이 흥국사에서 노비들을 모아 난을 일으키려다가 사전에 발각되어 예성강에 끌려가서 죽임을 당하였다. '만석 종'이란 만적을 가리킨다.

놋다리 노래

이 지레는 누 지렌가
나라님의 옥지레지
이 터전은 누 터인가
나라님의 옥터일세
거 어데서 손이 왔소
경상도서 손이 왔네
미때칸을 밟고 왔노
신대칸을 밟고 왔네
무슨 옷을 입고 왔노
철갑옷을 입고 왔네
무슨 갓을 쓰고 왔노
용단갓을 쓰고 왔네
무슨 갓끈 달고 왔노
새청갓끈 달고 왔네
무슨 망건 쓰고 왔노
애울망건 쓰고 왔네
무슨 풍잠 달고 왔노
호박풍잠 달고 왔네
무슨 창의 입고 왔노

남창의를 입고 왔네

무슨 띠를 띠고 왔노

관대띠를 띠고 왔네

자주 비단 동저고리

물명주 고루바지

오록조록 구비 입고

무슨 버선 신고 왔노

타래버선 신고 왔네

무슨 행전 치고 왔노

자지紫芝 행전 치고 왔네

무슨 신을 신고 왔노

목파래를 신고 왔네

무슨 반에 밥을 주노

제주반에 차려 주데

▌고려 때 가요. 현대에 채록한 노래이다.

　고려 말 공민왕이 안동으로 피난 왔을 때 안동 사람들은 왕이나 공주가 땅을 밟지 않도록 '놋다리'라는 것을 놓았다고 한다. 놋다리가 어떤 다리인지는 자세히 알려지지 않았다.

　안동 일대에서 연중행사처럼 '놋다리 놀이' 또는 '기와밟기 놀이'를 할 때 젊은 여인들이 주고받는 형식으로 이 노래를 부른다. '놋다리 놀이'는 여인들이 줄을 서서 앞사람을 부여잡고 허리를 꾸부려 길게 사람 다리를 만들어 놓고 여인 하나가 그 위에 올라서서 걸어가며 노래를 부른다.

최영 장군

공개일국功蓋一國[1] 정말이오
죄만천하罪滿天下[2] 무고로다
최영 장군 죽고 나니
고려 왕실 끝이 났네
충신을 몰라보는
네가 무슨 왕일쏘냐
신돈의 피를 받은[3]
거짓 왕이 분명하다

고려 때 가요. 최영은 고려 말기 장수로서 여러 번 왜구를 물리쳐 고려를 지켰다. 그러다가 이성계
무리의 압력으로 고봉으로 귀양을 갔는데 그 뒤 우왕에게 사형을 당하였다. 이 노래는 최영의 죽음을
안타까이 여기며 우왕을 저주한 것이다.

1) 공로가 온 나라에 가득 찼다.
2) 죄가 천하에 가득 찼다.
3) 고려 우왕은 공민왕의 아들이 아니고 중 신돈의 아들이라는 말이 있었는데, 이성계 무리가 고려
   정벌을 정당화하기 위하여 이 말을 더 퍼뜨렸다고 한다.

두 장군을 기리며〔悼二將歌〕

임금을 구해 낸

그 마음 하늘에 닿으니

넋이야 가셨으나

세워 주신 벼슬로 대접하자

바라보고 알리라

그때의 두 공신이여

세월은 오래 흘렀으나

곧은 자취는 나타났도다

님을 오알브사븐	主乙完乎白乎
마음만 하늘가에 및곤	心聞際天乙及昆
넋이 가샤디비	魂是去賜矣中
세오 주신 벼슬 사모려	三烏賜教職麻又欲
바라며 알리라	望彌阿里剌
저때 두 공신아	及彼可二功臣良
오래나 곧은	久乃直隱
자취는 나토샤뎌	跡烏隱現乎賜丁

(장절공유사)

▌고려 때 향가.

후백제의 견훤과 고려의 왕건이 서로 세력 다툼을 하던 중 대구 싸움에서 왕건이 견훤에게 몰려 몹시 위급한 형세에 놓였다. 그때 왕건과 얼굴이 비슷하게 생긴 신숭겸이 왕건인 것처럼 꾸미고 나서서 왕건을 뒤로 도망치게 한 다음 김락과 힘을 합하여 적과 싸우다가 두 장수가 다 죽었다.

왕건이 신라와 후백제를 통일한 뒤 팔관회를 벌여 신하들과 즐겁게 놀 때, 신숭겸과 김락의 공로를 생각하여 풀을 엮어 두 사람의 모양을 만들어 산 사람이나 마찬가지로 음식과 술을 대접하였다. 이것이 관례가 되어 어느 때나 국가에서 잔치를 베풀 때면 반드시 두 장수의 형상을 만들어 놓았다. 그 뒤 예종이 평양에 와서 팔관회를 차렸는데 석상에 놓여 있는 두 장수의 모습을 보고 추모하여 이 노래를 지어 불렀다고 한다.

향가로 된 이 노래는 신숭겸의 자손이 편찬한 《평산 신씨 고려태사 장절공유사》에 실려 있다.

부처가〔禮敬諸佛歌〕

마음의 붓으로
그려 놓은 부처 앞에서
절하는 이 몸은
법계[1]가 끝날 때까지 이를 것이라

세상마다 부처 절에
절마다 위해 놓은
법계에 가득 찬 부처
오래오래 존경하자

아아, 몸과 말, 뜻과 행실 피로함을 잊고
항상 존경하자

마음에 붓으로   心未筆留
그리아븐 부처 앞에   慕呂乎隱佛體前衣
절하웁는 몸은   拜內乎隱身萬隱
법계法界 맞다로기 이르고야   法界毛叱所只至去良

---

1) 불교에서 말하는 부처의 대자대비한 은공이 머문다는 세계.

진진塵塵마다 부처 자리	塵塵馬洛佛體叱刹亦
절절마다 뫼아아븐	刹刹每如邀里白乎隱
법계 차신 부처	法界滿賜隱佛體
구세 다아 예하삷져	九世盡良禮爲白齊
아야 신어의업무피염	歎曰 身語意業無疲厭
이러 브질 사맛다라	比良夫作沙毛叱等耶
(균여전)	

▌ 고려 때 향가. 균여의 향가 '보현십원가普賢十願歌' 열한 수 가운데 첫 수인 '예경제불가'이다.

　마음속으로 언제나 부처를 생각하며 세상에 많은 부처들을 직심으로 받들어 나가자는 노래이다. 이 노래를 통하여 10구체 향가의 형식을 알 수 있다.

법륜가〔請轉法輪歌〕

저 수고스러운
법계의 불회佛會에서
나는 문득
법우法雨[1]가 내리도록 빌었네

무명토[2]에 깊이 묻혀
번뇌열에 시달려서
착한 싹 자라지 못하는
중생의 밭들을 적시도록

아아, 보리수 열매 익은
깨달음의 달 밝은 가을이여

저 잇븐   彼仍反隱
법계 아딧 불회 아해   法界惡之叱佛會阿希
나는 문득 나아가   吾焉頓叱進良只

---

1) 불법의 비. 부처의 은덕을 비에 비겨서 한 말.
2) 불교 진리를 모르고 부처의 혜택을 입지 못한 땅.

법우를 비살붓다라	法雨乙乙白乎叱等耶
무명토 깊이 묻어	無明土深以埋多
번뇌열로 달여 내매	煩惱熱留煎將來出米
선아 모달 기란	善芽毛冬長乙隱
중생 밭을 적시사아	衆生叱田乙潤只沙音也
아야 보리 열음 오알반	後言 菩提叱菓音烏乙反隱
각월 밝은 가을 퍼디야	覺月明斤秋察羅波處也

(균여전)

▌ 고려 때 향가. 균여의 향가 '보현십원가普賢十願歌' 가운데 여섯번째 노래다. 불교의 교리를 비에 비기고 사람들의 착한 마음을 싹에 비겨 뜨거운 흙 속에서 고통받고 있는 싹들을 위하여 은혜로운 비 내려 달라고 빌고 그 싹이 자라 거기서 열매가 익는 가을을 기렸다.

불교에서 교리를 펼쳐가는 것을 수레바퀴를 돌리는 것에 비유한다. '법륜가'도 법수레 바퀴를 많이 돌리자는 뜻이다.

한림별곡翰林別曲

유원순 글 짓고 이인로가 시 짓고 이공로가 사륙문 짓고
이규보, 진화가 다 같이 운을 달고
유충기가 책문 짓고 민광균이 경서 해석, 김양경이 부 지으면
아, 시험장의 광경 그 어떠하리잇고
금 학사琴學士[1]의 훌륭한 제자들
금 학사의 훌륭한 제자들
아, 나까지 몇이나 되는가

당서, 한서, 장자, 노자, 한유와 유종원 문집
이백, 두보 명시집들, 백낙천의 시집
시경, 서경, 주역, 춘추, 주례, 예기
아, 주까지 내려 외우는 광경 그 어떠하리잇고
태평광기 사백여 권, 태평광기 사백여 권
아, 다 보는 광경 그 어떠하리잇고

안진경체, 비백서飛白書, 행서, 초서
전주체篆籀體, 과두체蝌蚪體, 우서虞書, 남서南書 체를

---

1) 당시 과거 시험관으로 자주 추천된 금의琴儀라는 사람을 가리킨다.

양털붓, 쥐털붓 비껴들고
아, 내려쓰는 광경 그 어떠하리잇고
오생吳生, 유생劉生 두 선생의, 오생 유생 두 선생의
아, 글씨 쓰는 광경 그 어떠하리잇고

황금주, 백자주, 송주, 예주
죽엽주, 이화주, 오가피주를
앵무잔, 호박잔에 가득 부어
아, 권하는 광경 그 어떠하리잇고
유령劉伶, 도잠陶潛²⁾ 두 사람의, 유령 도잠 두 사람의
아, 취한 광경 그 어떠하리잇고

분홍 모란, 흰 모란, 진분홍 모란
분홍 작약, 흰 작약, 진분홍 작약
석류꽃, 매화꽃, 누른 장미, 자주 장미
지지芷芝꽃, 동백꽃들이
아, 곁들여 피어 있는 광경 그 어떠하리잇고
합죽合竹 도화 고운 두 분, 합죽 도화 고운 두 분
아, 서로 보고 서 있는 광경 그 어떠하리잇고

거문고, 저, 중금中笒³⁾에다

---

2) 술을 사랑하던 중국 시인들.
3) 거문고의 한 종류.

대어향帶御香, 옥기향玉肌香[4]의 쌍가얏고

김선金善의 비파, 종지宗智의 해금, 설원薛原의 장구[5] 울리며

아, 밤새도록 노는 광경 그 어떠하리잇고

일지홍一枝紅의 비긴 피리, 일지홍의 비긴 피리

아, 듣고야 잠들겠노라

봉래산, 방장산, 영주산 삼신산三神山에

좋은 누각 있어 신선 아이 데리고

녹발綠髮 선인[6]이 비단 장막 속에서 주렴을 반만 걷고

아, 오호五湖[7]를 바라보는 광경 그 어떠하리잇고

집가엔 버들 심고 대 심어서, 집가엔 버들 심고 대 심어서

아, 꾀꼬리 와서 우니 반가웁구나

당당당 당추자나무[8] 조협나무에

홍실로 홍그네를 매잔다

정鄭 소년아 어서 와서 당겨라 밀어라

아, 내 가는 데 남도 갈세라

옥 같은 손 마주 잡고, 옥 같은 손 마주 잡고

아, 함께 노는 광경 그 어떠하리잇고

---

4) 당시 가야금을 잘 타던 기생들인 듯. 아래 일지홍도 당시 피리를 잘 불던 기생.

5) 금선, 종지, 설원은 다 비파, 해금, 장구의 명수들인 듯.

6) 머리 검은 신선. 여기서는 풍류를 즐기는 사람을 가리킨다.

7) 다섯 호수라는 말인데, 여기서는 주위의 아름다운 풍경을 가리킨다.

8) 가래나무.

元淳文 仁老詩 公老四六
李正言 陳翰林 雙韻走筆
沖基對策 光鈞經義 良鏡詩賦
위 試場 景 긔 엇더하니잇고
琴學士의 玉笋門生 琴學士의 玉笋門生
위 날조차 몇분이닛고

唐漢書 莊老子 韓柳文集
李杜集 蘭臺集 白樂天集
毛詩尙書 周易春秋 周戴禮記
위 註조차 내외옳 景 긔 엇더하니잇고
太平廣記 四百餘卷 大平廣記 四百餘卷
위 歷覽 景 긔 엇더하니잇고

眞卿書 飛白書 行書草書
篆籒書 蝌蚪書 虞書南書
羊鬚筆 鼠鬚筆 빗기 들어
위 찍는 景 긔 엇더하니잇고
吳生劉生 兩先生의 吳生劉生 兩先生의
위 走筆 景 긔 엇더하니잇고

黃金酒 柏子酒 松酒醴酒
竹葉酒 梨花酒 五加皮酒
鸚鵡盞 琥珀盃에 가득 부어

위 勸上 景 긔 엇더하니잇고
劉伶陶潛 兩仙翁의 劉伶陶潛 兩仙翁의
위 醉한 경景 긔 엇더하니잇고

紅牡丹 白牡丹 丁紅牡丹
紅芍藥 白芍藥 丁紅芍藥
御柳玉梅 黃梅紫薔薇 芷芝冬柏
위 間發 景 긔 엇더하니잇고
合竹桃花 고운 두 분 合竹桃花 고운 두 분
위 相映 景 긔 엇더하니잇고

阿陽琴 文卓笛 宗武中琴
帶御香 玉肌香 雙伽倻고
金善琵琶 宗智嵇琴 薛原杖鼓
위 過夜 景 긔 엇더ᄒ니잇고
一枝紅의 빗근 笛吹 一枝紅의 빗근 笛吹
위 듣고야 잠들어지라

蓬萊山 方丈山 瀛洲三山
此三山 紅樓閣 婥妁仙子
綠髮額子 錦繡帳裏 珠簾半捲
위 登望五湖 景 긔 엇더하니잇고
綠楊綠竹 栽亭畔에 綠楊綠竹 栽亭畔에
위 囀黃鸎 반갑두세라

唐唐唐 唐楸子 皂莢남기

紅실로 紅글위 매오이다

혀고시라 밀으시라 鄭少年아

위 내 가논 데 남 갈세라

削玉纖纖 雙手 길에 削玉纖纖 雙手 길에

위 携手同遊 景 긔 엇더하니잇고

(악장가사)

▌ 고려 때 경기체 가요. 이 노래는 《고려사》 '악지'에 "고종 때 한림의 여러 유생들이 지었다."고 기록되어 있다. '한림별곡'이라는 이름도 한림들이 지었다는 데서 온 것이다.

　이 노래는 우리 나라의 독특한 가요 형식인 '별곡체' 가요의 시초를 열어 놓았으며 또 그 형식을 완성한 데 일정한 문학사적 의의가 있다. 후렴구에 '위 경景 긔 엇더하니잇고'가 반복되어 '경기체 가요'로 불리는 많은 '별곡' 들은 이 '한림별곡' 이후에 나타나기 시작하였다. 안축安軸의 '관동별곡關東別曲', '죽계별곡竹溪別曲'을 비롯하여 '상대별곡霜臺別曲', '화산별곡華山別曲', '연형제곡宴兄弟曲', '불우헌곡不憂軒曲', '화전별곡花田別曲' 등이 다 그런 것이다.

　이 가요는 《악장가사》, 《고려사》 '악지' 등에 기록되어 있다.

관동별곡關東別曲

물 첩첩 산 첩첩한 관동의 경치
푸른 휘장, 붉은 장막 병마 영주[1]
옥띠에 일산 받고 창과 기를 늘어세워 바닷가로 가는 길
아, 순찰하는 광경 그 어떠하니잇고
지방의 백성들이 의롭고 평화로워
아, 나라 위엄 떨치는 광경 그 어떠하니잇고

안변의 원수대와 천도, 국도[2]
금자라가 이고 있는 삼신산[3] 좋은 경치
안개, 노을 다 걷히고 풍랑도 잦았으니
아, 창해를 바라보는 광경 그 어떠하니잇고
고운 배, 고운 여인 풍악까지 겹쳤으니
아, 이런 경치 구경하는 광경 그 어떠하니잇고

총석정 금란굴[4] 기암괴석

---

1) 한 지방의 군대를 책임진 사람. 여기서는 순무사로 내려간 안축 자신을 가리킨다.
2) 원수대는 안변에 있는 명승지. 천도, 국도는 안변 앞바다에 있는 섬들.
3) 전설에 동해 바다에 신선들이 사는 삼신산이 있는데, 바다 밑에서 금자라가 그 섬을 받치고 있다
   고 한다.

전도암 사선봉[5]엔 비석이 있고
아야발, 바윗돌이,[6] 모양도 이상할사
아, 사해 천하에 이런 곳 없으리라
화려한 옷차림의 수많은 벗들과
아, 또다시 찾아오려 하노라

삼일포, 사선정[7] 전설 깃든 좋은 경치
미륵당, 안상저[8] 삼십육봉
밤은 깊고 물은 넘실, 솔가지엔 반달인데
아, 고운 모습 거기 있을 듯
술랑도의 여섯 글자[9]
아, 천년이 흘러가도 아직 분명하여라

선유담, 영랑호, 신청동[10]
녹하주, 청요장[11] 십리 길 좋은 경치
꽃향기 잎 그늘 유리같이 맑은 물
아, 여기에 배 띄우는 광경 그 어떠하니잇고

---

4) 강원도 통천 지방에 있는 명승지들.
5) 통천 부근에 있는 명승지들.
6) 통천 지방에 있는 지명.
7) 고성에 있는 명승지들. 옛날에 화랑 넷이 여기 와서 놀았다고 한다.
8) 고성 지방에 있는 명승지들.
9) 화랑들이 바위에 '술랑도남석행述郎徒南石行'이라고 새겨 놓았다.
10) 간성에 있는 명승지들.
11) 간성 지방의 물 이름, 산 이름인 것 같다.

순채국, 농어회 은실 같고 눈 같으니
아, 양락羊酪[12]은 해서 무엇 하리오

설악 동쪽 낙산, 서쪽의 양양 풍경
강선루, 상운정[13]은 남북에 마주 섰고
봉새, 난새 타고 다니는 아름다운 신선 같은 사람들이
아, 거문고를 울리는 광경 그 어떠하니잇고
풍류로운 무리들 경치 좋은 정원에
아, 사시절 노니사이다

삼한 예의와 천고 풍류의 땅 강릉에는
경포대, 한송정에 달 밝고 바람 맑고
해당화와 연꽃으로 봄가을이 아름다워
아, 이 속에서 노니는 광경 그 어떠하니잇고
누 위에 불 밝혀 새벽이 지난 후에
아, 해돋이 바라보는 광경 그 어떠하니잇고

오십천, 죽서루, 서촌 팔경[14]
취운정, 월송정[15], 십리 청송
저 불고 가야금 타며 노래하고 춤추어

---

12) 염소젖을 가지고 만든 옛날의 귀한 음식.
13) 양양에 있는 정자들.
14) 삼척에 있는 명승지들.
15) 평해에 있던 정자들.

아, 정다운 손님 맞고 보내는 광경 그 어떠하니잇고
망사정[16) 위에서 만경창파 바라보면
아, 갈매기도 반가워라

강은 십리 절벽은 천층, 산은 병풍 같고 물은 거울 같네
풍암, 수혈 지나서 비봉산[17)에 달아올라
술잔 기울이니 용빙봉[18)에 바람 차다
아, 이런 피서 광경 그 어떠하니잇고
정선 땅의 오랜 풍속
아, 자손 대대 전하는 광경 그 어떠하니잇고

海千重 山萬疊 關東別境
碧油幢 紅蓮幕 兵馬營主
玉帶傾盖 黑槊紅旗 鳴沙路
爲 巡察 景幾何如
朔方民物 慕義趨風
爲 王化中興 景幾何如

鶴城東 元帥坮 穿島國島
轉三山 移十洲 金鼇頂上

---

16) 평해에 있던 정자.
17) 풍암, 수혈, 비봉산은 다 강원도 정선에 있는 바위, 암굴, 산 이름인 듯.
18) 정선에 있는 봉우리 이름인 듯하다.

收紫霧 卷紅嵐 風恬浪靜

爲 登望滄溟 景幾何如

柱棹蘭舟 紅粉歌吹

爲 歷訪 景幾何如

叢石亭 金欄窟 奇巖怪石

顚倒巖 四仙峰 蒼苔古碣

我也足 石巖回 殊形異狀

爲 四海天下 無豆舍叱多

玉簪珠履 三千徒客

爲 又來悉 何奴日是古

三日浦 四仙亭 奇觀異迹

彌勒堂 安祥渚 三十六峰

夜深深 波瀲瀲 松梢片月

爲 古溫貌 我隱伊西爲乎伊多

述郎徒矣 六字丹書

爲 萬古千秋 尙分明

仙遊潭 永郎湖 神淸洞裡

綠荷洲 靑瑤嶂 風煙十里

香冉冉 翠霖霖 瑠璃水面

爲 泛舟 景幾何如

蓴羹鱸膾 銀絲雪縷

爲 羊酪 豈勿參爲里古

雪嶽東 洛山西 襄陽風景

降仙亭 祥雲亭 南北相望

騎紫鳳 駕紅鸞 佳麗神仙

爲 爭弄朱絃景 幾何如

高陽酒徒 習家池館

爲 四節 遊伊沙伊多

三韓禮義 千古風流 臨瀛古邑

鏡浦臺 寒松亭 明月淸風

海棠路 菡萏池 春秋佳節

爲 遊賞景 何如爲尼伊古

燈明樓上 五更鍾後

爲 日出 景幾何如

五十川 竹西樓 西村八景

翠雲亭 越松亭 十里靑松

吹玉笛 弄瑤琴 淸歌緩舞

爲 迎送佳賓 景 何如

望槎亭上 滄波萬里

爲 鷗伊鳥 藩甲豆斜羅

江十里 壁千層 屛圍鏡澈

倚風巖 臨水穴 飛鳳頂上

傾綠蟻 聳氷峰 六月淸風

爲 避暑景 幾何如

朱陳家世 武陵風物

爲 傳子傳孫景 幾何如

(근재집)

▍ 고려 때 경기체 가요. 안축이 강릉도 순무사로 가 있다가 돌아오는 길에 관동 지방의 절경을 보고 읊은 가요이다.

죽계별곡竹溪別曲

죽령 남쪽 안동 북쪽 소백산 앞에
흥망은 끝없으나 풍류롭게 살아온 순흥성
어느 땐지 취화봉에 왕의 태를 묻었다네[1]
아, 좋은 세상 이룩하는 광경 그 어떠하리잇고
옛날의 벼슬아치 한가롭게 사는 정자
아, 산 좋고 물 맑은 광경 그 어떠하리잇고

숙수루, 복전대, 승림정자[2]
초암동, 욱금계, 취원루[3]에서
거나하게 취하여 울긋불긋 꽃 사이로 비 맞으며
아, 구경 다니는 광경 그 어떠하리잇고
술 즐기는 사람들 떼를 지어
아, 손잡고 다니는 광경 그 어떠하리잇고

봉이런 듯 용이런 듯 푸른 산과 소나무들

---

1) 취화봉은 순흥에 있는 봉우리 이름. 이 봉우리에 고려 왕의 태를 묻은 일이 있다.
2) 모두 순흥 땅에 있었던 누각 이름.
3) 순흥에 있던 마을, 시내, 정자 이름.

지필봉과 연묵지[4]를 갖추어 지은 향교
육경[5]을 좋아하며 천고 역사 살펴보는 점잖은 선비들이
아, 봄에는 글 읽고 여름에는 거문고 울리는 광경 그 어떠하리잇고
해마다 삼월이면 멀리에서 오는
아, 새 스승 맞는 광경 그 어떠하리잇고

초산효, 소운영[6]이 한창인 계절
꽃도 피어 그대를 반기려는 듯 버들은 골안에 우거졌는데
난간에 홀로 서서 님을 기다리면 갓 나온 꾀꼬리 노래 부르고
아, 한 송이 꽃 그림자 드리웠네
천생 기막히게 아름다운 복사꽃
아, 천리 밖 님 생각 이런 때는 더욱 그립네

복사꽃 날리고 풀빛 고울 땐 기나긴 날 술병 옆에 앉아 있으리
녹음 우거져 집안이 어두울 땐 바람결에 거문고나 울려 보리
국화와 단풍이 온 산을 수놓은 듯 기러기 훨훨 날아간 뒤엔
아, 눈과 달빛이 함께 흰 광경 그 어떠하리잇고
좋은 세상 길이 즐거움을 누리며
아, 사시절 노니사이다

---

4) 순홍 향교 부근에 있던 봉우리와 못 이름.
5) 중국의 여섯 가지 유교 경전들.
6) 꽃 이름.

竹嶺南 永嘉北 小白山前

千載興亡 一樣風流 順政城裡

他代無隱 翠華峰 天子藏胎

爲 釀作中興景 幾何如

淸風杜閣 兩國頭銜

爲 山水淸高景 幾何如

宿水樓 福田臺 僧林亭子

草庵洞 郁錦溪 聚遠樓上

半醉半醒 紅白花開 山雨裏良

爲 遊寺景 幾何如

高陽酒徒 珠履三千

爲 携手相從景 幾何如

彩鳳飛 玉龍盤 碧山松麓

紙筆峰 硯墨池 齊隱鄕校

心趣文經 志窮千古 夫子門徒

爲 春誦夏絃景 幾何如

年年三月 長程路良

爲 呵喝迎新景 幾何如

楚山曉 小雲英 山苑佳節

花爛熳 爲君開 柳陰谷

忙待重來 獨倚欄干 新鶯聲裡

爲 一朶綠雲 垂未絶

天生絶艶 小桃紅時

爲 千里相思 又奈何

紅杏紛紛 芳草萋萋 樽前永日

綠樹陰陰 畵閣沈沈 琴上薰風

黃菊丹楓 錦繡靑山 鴻飛後良

爲 雪月交光 景幾何如

中興盛代 長樂太平

爲 四節遊是沙伊多

(근재집)

▌ 고려 때 경기체 가요.

　안축이 고향인 풍기 땅 순흥의 경치를 노래한 것이다. 죽계는 순흥에 있는 시내 이름이다. 당시 동해안 일대의 명승고적들과 지방 풍속 들을 짐작할 수 있다.

오관산五冠山

나무로 아로새긴
작은 닭 한 마리
벽 위에 가져다
붙여 놓았네

그 닭이 꼬끼오
홰치며 울 때까지
어머님 길이길이
사시옵소서

木頭雕作小唐鷄　箇子拈來壁上棲
此鳥膠膠報時節　慈顔始似日平西
(익재난고 소악부)

▊ 고려 때 가요. 이제현 채록. '목계가木鷄歌' 라고도 한다.
　고려 때 문충이라는 사람이 오관산 영통사 아래에 살면서 어머니를 극진히 섬겨 삼십 리나 떨어진
개성에 날마다 드나들며 문안을 하였다고 한다. 그리고 이 노래를 지어 장수를 빌었는데 원 노래는 없
어지고 이제현의 한역 가요만 남아 있다.

거사련居士戀

울타리 옆 꽃가지에 까치 우짖네
거미도 상머리에 줄을 늘이고

그리운 우리 님 이내 돌아오시리
모든 것이 알려주어 마음부터 기뻐지네

鵲兒籬際噪花枝　蟢子床頭引網絲
余美歸來應未遠　精神早已報人知
(익재난고 소악부)

▌고려 때 가요. 이제현 채록.
　《고려사》'악지'에, "어떤 행역하던 사람의 처가 이 노래를 지었는데 까치와 거미를 보며 남편이 돌아오기를 바라는 뜻을 붙인 것이다." 하였다.

사리화沙里花

알미운 참새 떼
날아가고 날아오네
한 해 농사 다 짓도록
놀기만 하던 것들
홀아비 피땀으로
혼자 지은 낟알을
밭고랑이 훤하도록
다 쪼아 처먹누나

黃雀何方來去飛　一年農事不曾知
鰥翁獨自耕耘了　耗盡田中禾黍爲
(익재난고 소악부)

▌ 고려 때 가요. 이제현 채록.
　《고려사》 '악지'에, "가렴잡세가 번다하고 과중하였으며 토호들과 권세 잡은 사람들이 약탈을 일삼아 백성들을 곤궁에 빠뜨리고 재정을 손실당하였으므로 이 노래를 지어 참새가 조를 쪼아 먹는다는 말로 원망하였다." 하였다.

장암 노래〔長巖〕

까불까불 참새 새끼 무슨 짓을 하였느냐
새그물에 걸려서 아가리만 벌리누나
눈깔은 두었다가 어디다 쓰자느냐
어리석은 새 새끼야 네 모습이 가련하다

拘拘有雀爾奚爲　觸着網羅黃口兒
眼孔元來在何許　可憐觸網雀兒癡
(익재난고 소악부)

▌ 고려 때 가요. 이제현 채록.

　고려 때 두영철이라는 자가 장암에 귀양살이를 왔다가 풀려서 개성으로 올라갈 때 한 늙은이가 벼슬이 좋은 것 아니니 다시는 벼슬길에 오르지 말라고 충고를 했다. 그러나 두영철은 다시 평장사 벼슬을 하다가 또 죄를 지어 귀양 가는 길에 장암을 지나가게 되었다. 그때 늙은이가 두영철을 철없는 참새에 비겨 그 어리석음을 꾸짖어 노래한 것이다.

제위보濟危寶

빨래하는 시냇가
수양버들 아래서
백말 타고 오신 님
손목 잡고 속삭였네

장맛비 석 달 동안
쏟아져 내린대도
내 손에 남은 향기
씻겨지지 않으리

浣紗溪上傍垂楊　執手論心白馬郎
縱有連簷三月雨　指頭何忍洗餘香
(익재난고 소악부)

▌ 고려 때 가요. 이제현 채록.
　《고려사》에, 어떤 여자가 죄를 지어 제위보에서 부역을 하다가 남자에게 손을 잡혀 분함을 이기지
못해 이 노래를 지어 스스로 원망한 것이라고 했다. 원 노래는 없어져 알 길이 없고 이제현이 번역한
것으로 보면 여인이 남자를 원망한 것이 아니라 오히려 사모한 것 같다. '제위보'는 고려 때 관청으로
빈민과 길손을 구호하며 병을 고쳐 주는 곳이었다고 한다.

탐라 노래〔耽羅謠〕

밭둑의 보리가 쓰러져 버렸네
언덕의 삼대도 두 갈래로 갈라지고[1]
질그릇과 흰쌀을 가득 싣고서
북풍에 뱃사람 어서 오시라

從敎壟麥倒離披　亦任丘麻生兩岐
滿載靑甕兼白米　北風船子望來時
(익재난고 소악부)

▓ 고려 때 가요. 이제현 채록.
　탐라 땅에 흉년이 들어 보리와 삼이 다 못 쓰게 되었으므로 섬사람들이 육지에서 도와주기를 기다리
는 내용이다.

---

1) 삼은 두 갈래, 세 갈래로 가지가 나면 쓰지 못한다.

수정사水精寺

도근천 냇물의 방죽이 넘어나서
수정사 앞뜰까지 흙탕물에 잠겼네
승방에는 이 밤에도 미인을 재운다니
주지는 뱃사공이 되어 버렸나

都近川頹制水坊　水精寺裡亦滄浪
上房此夜藏仙子　社主還爲黃帽郎
(익재난고 소악부)

▒ 고려 때 가요. 이제현 채록.

　탐라 사람들이 부유한 중들의 생활을 풍자하여 부른 노래다. 이제현은 이 노래를 한시로 번역한 다
음 "탐라의 이 노래가 속되기는 하나 당시 백성들의 심정과 부화한 풍속을 알 수 있다."라고 썼다.

소년행少年行

겹저고리 벗어서 어깨에 걸치고
동무들과 꽃밭에 함께 들어가
이리저리 달리며 나비를 잡던
지난날 놀던 일이 눈에 삼삼해라

脫却春衣掛一肩　呼朋去入茱花田
東馳西走追蝴蝶　昨日嬉遊尙宛然
(익재난고 소악부)

▌ 고려 때 가요. 이제현 채록.

　'소년행'이란 소년의 노래라는 뜻이다. 다른 문헌에는 기록이 없고 이제현의 《익재난고》에만 실려
있다.

왜배를 치자

예리 당포[1]에 왜배가 들라
칠성같이 벌어진 괸당[2]
담월같이[3] 모여나 보세

▒ 고려 때 가요. 현대에 채록한 노래이다.
　제주도에는 왜구가 곧잘 침입하였다. 고려 때도 제주도에 왜구가 수많이 침입했으며 노래 형태가 옛 날 노래이고 노래에 나오는 지명들이 조선과 같지 않으므로 고려 가요로 다루었다. 이 노래는 지금도 제주도에서 불린다.

1) 예리 당포는 제주도 바닷가에 있는 땅 이름들.
2) 북두칠성처럼 흩어져 있는 괸당. 괸당은 서로 돌봐주는 가족, 친척을 이르는 말인 '괸당'의 제주 말이다.
3) 좀생이별같이. 좀생이별이란 묘성으로 여러 별이 함께 모여서 뭉쳐 있다.

한송정寒松亭

한송정에 달빛 밝고
경포에 가을 물 잔잔한데
오락가락 구슬피 우네
정든 갈매기 한 마리

月白寒松夜　波安鏡浦秋
哀鳴來又去　有信一沙鷗
(고려사 악지)

고려 때 가요. 고려 광종 때 중국 강남 땅에 조선에서 비파 하나가 전해 들어갔는데 비파 뒤에 노래 한 수가 쓰여 있었다. 중국 사람들이 무슨 말인지 알지 못하여 궁금해했는데 마침 그때 장 진공張晉公이라는 고려 사신이 이르러 그 자리에서 한시로 옮겨 주었다.
　본디 모습은 전하지 않고 장 진공의 번역시만 전하고 있다.

뱀과 용〔蛇龍〕

뱀이 용의 꼬리를 물고
높은 산을 날아 넘더라네
입 가진 사람이야 무슨 말을 못하리
만 사람이 떠든대도 짐작하여 듣게

有蛇含龍尾　聞過太山岑
萬人各一語　斟酌在兩心

(고려사 악지)

▌ 고려 때 가요. 고려 충렬왕이 간사한 신하들에 싸여 음탕하고 부화한 놀음놀이로 날을 보냈는데 그
때 이런 노래가 불렸다고 한다. 여러 가지 의미로 해석할 수 있으나 왕에 대한 불신과 소란한 세상 형
편이 반영되어 있다.
　한시로 옮긴 사람은 알 수 없다.

망국가

이치를 아는 사람들은 많이 도망쳐 갔다
도읍이 허물어지고 나라가 망할 것이다

智理多都 波都波等

(삼국유사)

▌ 신라 때 참요. 신라 헌강왕을 풍자하고 신라의 멸망을 예언한 노래라고 전한다. 왕이 포석정에 가서
술놀이를 벌였을 때 심상이라는 산신이 이 노래를 불렀는데 왕과 간사한 신하들은 노래의 뜻을 왕의
'덕분'으로 도읍이 번창할 것이라고 해석하고 도리어 기뻐하였다고 한다.
　이 노래는 '다라니어' 곧 범어로 되어 있다. 백성들이 다라니어로 자기들의 뜻을 나타냈다. 다음의
진성 여왕을 풍자한 '망국가'와 함께 신라의 멸망을 예언한 두 편의 '다라니 은어 노래'가 《삼국유사》
에 수록되어 있다.

망국가

여왕 때문에 나라가 망하리
두 놈의 소판[1]과

---

1) 소판은 신라 때 3등급 벼슬.

아아, 세 명의 아간 놈과 부호 부인鳧好夫人[2] 때문에 나라가 망하리라

南無亡國 利尼那帝

判尼判尼 蘇判尼

于于三阿干 鳧伊婆婆詞

(삼국유사)

▥ 신라 때 참요. 《삼국유사》에 의하면, 진성 여왕 때 정치가 문란하고 조정이 부패해서 "도적이 벌 떼처럼 일어났으며 사람들이 이를 걱정하여 다라니어로 은어를 만들어 길바닥에 던졌다."고 한다. '무망국가' 라고도 부른다.

계림가

계림에는 단풍 들고 송악산에 솔 푸르다

雞林黃葉 鵠嶺靑松

(삼국사기)

▥ 신라 때 참요. 신라 봉건 귀족들이 백성들을 가혹하게 억압 착취하고 조정이 부패하자 오래지 않아 신라가 망하고 고려가 일어설 것을 예견하고 최치원이 이런 참요를 지었다고 전한다. 이 노래 가 개인 창작이 아니라 당시 민간에 널리 불린 민요라는 설도 있다. 계림은 당시 신라 수도인 경주 에 있는 숲이고, 송악산은 그 후에 고려의 수도가 된 개성 부근의 산이다.

2) 아간은 신라 때 6등급 벼슬. 부호 부인은 진성 여왕의 유모인데 남편과 함께 왕의 신임을 얻어 권 력을 마음대로 부렸다.

완산 노래

가엾구나 완산 아이, 아비도 잃고 눈물만 쏟누나

可憐完山兒　失父涕漣濡

(삼국유사)

▌후백제 때 참요. 이 노래는 후백제의 왕 신검의 흉포한 행동을 비난한 것이다.

　견훤이 넷째 아들인 금강을 특별히 사랑하여 왕위를 금강에게 넘겨주려 하였다. 이것을 눈치 챈 맏아들 신검이 견훤을 금산 불당에 가두고 스스로를 대왕이라 칭하였는데, 이 틈을 타서 고려 왕건이 들이쳐서 마침내 후백제를 멸망시켰다. 《삼국유사》에는 이 노래를 '예언적인 동요'라고 기록하였다.

　완산은 전라북도 전주의 백제 때 이름이다. '완산 아이'는 신검을 가리킨다.

만수산萬壽山

만수산에 연기 안개 뒤덮였네

萬壽山　煙霧蔽

(문헌비고)

▋고려 때 참요. 충렬왕이 원나라 힘을 빌릴 것만 생각하자 백성들이 이 노래를 불러 원나라만 쳐다보다가는 왕위를 잃을 것이라고 예언했다 한다.

박 노래〔瓠木〕

박나무 가지 잘라 물 한 대야

느티나무 가지 잘라 물 한 대야

가세 가세 멀리 가세

저 산마루로 멀리 가세

찬 서리가 오기 전에

낫을 갈아 삼 베러 가세

瓠之木枝切之一水鎈　陋台木枝切之一水鎈

去兮去兮遠弁去兮　彼山之顚遠矣去兮

霜之不來　磨鎌刈麻去兮

(문헌비고)

▌고려 때 참요. 고종 때 민간에서 당시 정치 상황을 예언해 부른 노래라고 하나 자세하지 않다.

묵책墨册 노래

가는 베로 만든 도목[1] 너무도 쓰고 지워서

책이 그냥 먹투성이 기름으로 결어 둘까[2]

올해는 삼씨도 귀해[3] 그나마도 힘들겠네

用綜布 作都目政事 眞墨册

我欲油 今年麻子少 噫不得

(문헌비고)

▌고려 때 김지경金之鏡이란 자가 뇌물을 받고 마음대로 벼슬아치를 등용하고 해임시켜 도목책이 너무 쓰고 지우고 해서 꺼멓게 먹투성이가 되었다 한다. 백성들이 이를 비난하여 부른 노래이다.

---

1) 벼슬아치들의 이름을 적어 두는 책.
2) 도목책을 오래도록 보관해 두려고 기름을 먹여 결어 두려고 하였다는 뜻.
3) 옛날에는 삼씨기름으로 종이나 천을 많이 결었다.

보현찰普賢刹

보현원이 어드멘가, 이곳에서 몽땅 쳐서 죽이리

何處是普賢刹　隨此盡同力殺

(동국통감)

‖ 고려 때 참요. 고려 왕들이 문신들만 중히 쓰고 무신들을 천대하여 무신들의 불평이 쌓여 있었다. 1170년 8월에 왕이 여러 문신들을 이끌고 보현원에 가서 노는데, 그 기회를 타 정중부, 이의방, 이고 등이 난을 일으켜 문신들을 모조리 죽이고 왕을 거제도로 귀양 보내 버렸다. 이 노래는 백성들이 이 사실을 예언하여 부른 것이라고 한다.

아야가阿也歌

아야, 망가지라 지금 가면 언제 오랴

阿也痲古之那　從今去何時來

(동국통감)

‖ 고려 때 참요. 고려 충혜왕은 원나라의 세력을 믿고 악한 짓을 많이 하다가 결국 악양岳陽 땅에 귀양 가 그곳에서 죽었다. 백성들이 충혜왕이 원나라로 떠날 때 그를 원망하며 왕이 죽을 것을 미리 짐작하고 이 노래를 지어 불렀다고 한다.

소가 크게 울다〔牛大吼〕

소가 크게 우니 용은 바다를 떠났구나
얕고 맑은 물에 물살이나 일으키며 노느냐

牛大吼 龍離海 淺水弄淸波
(용천담적기)

▎고려 때 참요. 1361년 홍건적이 쳐들어왔을 때 공민왕이 서울을 버리고 안동으로 피난을 가서
주색에 빠져 있었다. 이 노래는 서울을 떠난 왕을 비난한 것이다. 1361년은 간지로 소의 해였으므
로 소가 울었다고 했다.

남쪽 난리

갑자기 남쪽에 난리가 일었다
깊이 와우봉으로 들어가누나

忽有一南寇 深入臥牛峰
(용천담적기)

▎고려 때 참요. 여러 문헌들에 한시로 번역된 가요가 나오기는 하나 내용이 분명하지 않다.《문헌
비고》에는 외적과 관련이 있는 것으로 기록되어 있으나 근거가 약하다. 와우봉은 여러 곳에 있어
어느 와우봉인지 알 수 없다. 공민왕 때 불린 노래인 것만은 사실이다.

목자 노래

나무 아들 나라 얻네

木子 得國

(문헌비고)

▌고려 때 참요. 이 노래에는 두 가지 해석이 있다. 공민왕이 자식이 없어 고민할 때 신돈이 자기 아이를 밴 여자를 왕에게 바쳐 그 여자에게서 난 아이로 왕위를 계승하게 하였다고 하여 '나무 아들' 곧 '남의 아들' 이 왕이 된 것을 풍자한 노래라는 설이 있다. 다른 하나는 목木 자와 자子 자를 합치면 '이李' 자이므로 이성계가 나라를 얻게 되리라 예언한 노래라고도 한다. 이성계가 왕이 될 야심을 품고 자기 군사에게 일부러 이 노래를 부르게 하였다는 설도 있다.

누으리 나으리
개똥밭에 미나으리

누으리 나으리 개똥밭에 미나으리

양반 양반 두냥반 양반 양반 스나반

개 팔아 두냥반 돼지 팔아 석냥반

털털 송구털털 서울 양반 벼슬 못해 털털

첨지 첨지 지주 첨지 놀고먹는 지주 첨지

칠반에 먹는 서울놈도

칠반[1]에 먹는 서울놈도
아래윗니 다 빠져서
아래턱이 코를 차고
개상[2]에 먹는 이내 나도
윗수염이 길어나서
애헴 소리 절로 나네

---

1) 칠첩반상. 한 상에 반찬 접시가 일곱인 잘 차린 밥상.
2) 개다리소반에 차린 초라한 밥상.

해 들 때 있다네

네놈이 잘살면 백년을 갈쏘냐
이 몸이 못산들 천년을 갈쏘냐

잘살고 못삶은 돌고도 도는 것
그늘진 비탈에 해 들 때 있다네

네 팔자나 내 팔자나

네 팔자나 내 팔자나
죽어지면 일곱 매끼 착착 묶어
잘끈 송판 짊어지고
소나무 댁 가래진 나무 연초대[1]
스물두 명 상두꾼이
노호넘차 발맞추어
공동묘지 가련마는
어느 친구 날 찾아오리

공동묘지 쇠스랑 귀신은
뭘 먹고 사는지
저 건너 지주 첨지나
툭 잡아가지

---

1) 상여 본체를 받드는 가로로 놓인 두 개의 나무.

양반을 먹이게

여보게 자네
성화를 받자고 고양이를 기르나
고양이를 기르지 말고 양반을 기르게

여보게 자네
소리를 듣자고 닭을 치나
닭을 치지 말고 양반을 치게

여보게 자네
거름을 받자고 돼지를 먹이나
돼지를 먹이지 말고 양반을 먹이게

■ '오광대놀이'에서 말뚝이가 비비새(영노)에게 잡아먹히는 양반을 보면서 부르는 노래.

얄미운 쥐새끼가 구멍 뚫고

들농사 하는 틈에
울 밑에 호박이요 처마 끝에 박 심으고
텃밭에 오이 심어 자자하게 올렸더니

탐스럽게 익어서 추수할 때 되니까
얄미운 쥐새끼가 곳곳에 구멍 뚫고
호박, 박, 오이 씨를 모두 뽑아갔구나

아하 그놈의 쥐새끼 우리네 원수로다
우리네 땀 흘리며 농사지을 때
그늘 아래 앉아서 부채질하다가
추수할 때 다가오면 모두 뽑아간다네

얄미운 참새

요 얄미운 참새야
지주놈 죽은 넋이
너에게 태였느냐
극성스레 까먹으니
쭉정벼만 남았구나

집채같이 키운 돼지

우리 엄니가 애를 써서 집채같이 키운 돼지
할아버지 환갑날에 일가친척 불러 놓고
큰상 앞에 큰절할 때 잡자고 한 저 돼지를
욕심 많은 박 지주가 영문 없이 들어갔네

지주놈의 배때기에 살을 찌워 줄 줄 알면
여름 석 달 겨울 석 달, 세 석 달을 먹였을까
악독하다 지주놈아 네 세상도 망하리라

전갑섬의 노래

양천 전촌에 전갑섬이
오매 한촌에 말이 났소
나는 싫소 나는 싫소
오매 한촌이 나는 싫소
게으름뱅이가 나는 싫소
널리 널리리 널리리야
게으름뱅이가 나는 싫소

양천 전촌에 전갑섬이
호성 조촌에 말이 났소
나는 싫소 나는 싫소
호성 조촌이 나는 싫소
지주놈 등세가 나는 싫소
널리 널리리 널리리야
지주놈 등세가 나는 싫소

■ 함경도에서 많이 부르던 노래. 전갑섬이라는 처녀를 두고 여기저기서 혼삿말이 났는데, 그 처녀는
양반네는 다 싫다고 하고 부지런한 농사꾼이 좋다고 하는 노래이다.

양천 전촌에 전갑섬이
인후 박촌에 말이 났소
나는 싫소 나는 싫소
인후 박촌이 나는 싫소
욕심꾸러기 나는 싫소
닐리 닐리리 닐리리야
욕심꾸러기 나는 싫소

양천 전촌에 전갑섬이
당포 김촌에 말이 났소
나는 좋소 나는 좋소
화목하고 일 잘하니 나는 좋소
닐리 닐리리 닐리리야
화목하고 일 잘하니 나는 좋소

흰머리 먹칠한들

흰머리 먹칠한들
네놈이 젊어질쏘냐
이 빠진 데 박씨 박은들
네놈이 고와질쏘냐
찔레 꺾어 손에 든들
네놈하고 놀잘쏘냐

달거리

정월에 정 치고
이월에 이질 앓고
삼월에 삼눈 앓고
사월에 사지 앓고
오월에 오륙[1]을 앓고
유월에 육시하고
칠월에 치질 앓고
팔월에 팔 앓고
구월에 귀 앓고
시월에는 시들시들
말라서 죽어라

---

1) 오장과 육부, 곧 온몸.

징금 타령

여봐라 징금아
내 돈 석 냥 내어 놔라
머리를 베어서 달비전[1]에 팔아도
너 돈 석 냥 갚아 주마

여봐라 징금아
내 돈 석 냥 내어 놔라
눈썹을 빼어서 붓대전에 팔아도
너 돈 석 냥 갚아 주마

여봐라 징금아
내 돈 석 냥 내어 놔라
귀고리 빼어서 까시전에 팔아도
너 돈 석 냥 갚아 주마

여봐라 징금아

■ 두 사람이 자기 몸의 각 부분을 떼어내는 시늉을 하며 노래를 주고받는다.
1) 달비는 '다리', '딴머리'.

내 돈 석 냥 내어 놔라
콧구멍을 빼어서 앵금전에 팔아도
너 돈 석 냥 갚아 주마

여봐라 징금아
내 돈 석 냥 내어 놔라
코를 빼어서 유자전에 팔아도
너 돈 석 냥 갚아 주마

여봐라 징금아
내 돈 석 냥 내어 놔라
입을 빼어서 나발전에 팔아도
너 돈 석 냥 갚아 주마

여봐라 징금아
내 돈 석 냥 내어 놔라
턱을랑 빼어서 백합전에 팔아도
너 돈 석 냥 갚아 주마

여봐라 징금아
내 돈 석 냥 내어 놔라
팔을 빼어서 까구리전²)에 팔아도
너 돈 석 냥 갚아 주마

여봐라 징금아
내 돈 석 냥 내어 놔라
손을 빼어서 호미전에 팔아도
너 돈 석 냥 갚아 주마

여봐라 징금아
내 돈 석 냥 내어 놔라
다리를 빼어서 고음전에 팔아도
너 돈 석 냥 갚아 주마

여봐라 징금아
내 돈 석 냥 내어 놔라
발을랑 빼어서 괭이전에 팔아도
너 돈 석 냥 갚아 주마

여봐라 징금아
내 돈 석 냥 내어 놔라
궁둥이 빼어서 안반전³⁾에 팔아도
너 돈 석 냥 갚아 주마

---

2) '까구리' 는 갈퀴.
3) '안반' 은 떡을 칠 때 쓰는 두꺼운 나무 판.

경복궁 타령

에 에헤이 에헤야
얼럴럴이구 방애홍애로다
남문을 열고 바라[1]를 치니
계명산천에 날이 활짝 밝았네

에 에헤이 에헤야
얼럴럴이구 방애홍애로다
에 문세를 물고 원납전 내니
일년의 생계가 난감이로다

에 에헤이 에헤야
얼럴럴이구 야단이 났네
팔도강산이 다 일어서도
불탄 대궐은 못 일어섰구나

■ 임진년 난리 때 불탔던 경복궁을 새로 짓기 위하여 백성들을 강제로 동원하고 원납전, 결두세, 문
세 따위 부당한 세금들을 거둬들여 백성들 생활이 더욱 어려워졌다.
1) 파루. 새벽에 통행금지를 해제하면서 치는 종.

에 에헤이 에헤야
얼럴럴이구 야단이 났네
에 나 떠나간다고 네가 통곡 말고
나 다녀올 동안 네가 수절을 하여라

에 에헤이 에헤야
얼럴럴이구 방애홍애로다
에 도편수란 놈의 거동을 봐라
먹통을 들고 갈팡질팡한다

에 에헤이 에헤야
얼럴럴이구 방애홍애로다
에 간다 간다 내가 돌아간다
우리 님 따라서 내가 돌아간다

에 에헤이 에헤야
얼럴럴이구 방애홍애로다
에 인생이 살면 몇 백년 사나
생전 시절에 맘대로 노세

에헤야 에헤이
얼럴럴이구 방애홍애로다

경복궁 타령

을축 사월 갑자일에 경복궁을 이룩했네

(후렴) 에 에헤야 에헤야
　　　얼럴럴거리고 방애흥애로다 에

을축 사월 초삼일에
경복궁 새 대궐 짓는데
헛방아 찧는 소리 　(후렴)

조선 여덟도 좋다는 나무는
경복궁 짓느라고 다 들어간다 　(후렴)

석수쟁이 거동을 보소
방망치를 갈라 잡고
눈만 꿈벅거린다 　(후렴)

남문 열고 바라 둥당 치니
계명산천에 달이 살짝 밝았네 　(후렴)

남문 밖에 떡장수들아
한 개를 베어도 큼직큼직이 베어라 　(후렴)

남문 밖에 막걸리장수야

한 잔을 걸러도 큰애기 솜씨로 걸러라 (후렴)

창포 밭에 금잉어 논다

금실금실 참 잘 논다 (후렴)

화란춘성花爛春盛 봄바람에

너훌너훌 나비 논다 (후렴)

조선팔도 좋다는 나무는

조선팔도 좋다는 나무는
경복궁 짓기로 다 들였는데
이 나무 하나만 남아 있어
낙락의 장송이 되었구나

낙락장송 저 가지에
그네를 맬까 밧줄을 걸까
그네를 매면 놀이터요
밧줄을 걸면 역군터라

여보시오 저 목수야
밧줄을랑 걸지 말게
저리 청청 푸른 낡이
곳집의 들보 되단 말가

대궐에 불이 났네

불이 났네 불이 났네
대궐 안에 불이 났네
천자야 저 불 꺼라

민간인이 못 끄는 불
뭘로 하니 내가 끌까[1]

---

1) 무얼로 하여. 무슨 힘으로 내가 끄겠느냐. 백성들이 꺼 주지 않으면 왕 혼자는 못 끈다는 뜻.

진주 영장 백마 타고

진주 영장[1] 백마 타고
진영 못둑 썩 나서니
연꽃 피다 옴츠리고
수양버들 벌벌 떠네

---

1) '영장'은 '진영장'으로, 조선 시대 각 진영의 으뜸 벼슬아치. 백성한테 포악한 짓을 많이 했다.

신안별곡

조정측이 거동 보소
먹을 판만 벌어지면
강도같이 달려들어
변방 향수 칠팔 년에
일가문중 거지로다

문 좌수의 거동 보소
입을 닫고 조용터니
땅 팔 궁리[1] 또 하누나

여우 같은 김진의는
초면으로 만난 사람
구면같이 호리누나

참새 같은 노경일아
금년 납일 지났다고
호지낙지好之樂之 하지 마라

---

1) 백성들을 동원하여 금광을 팔 궁리.

명년 납일 또 오누나

청북 조관 이사간은
돈 먹는 덴 쇠줄이요
분경2)에는 날고 기다
적벽강산 만났구나

얼굴 좋은 석찬재는
인물 풍채 아깝구나
한당汗黨3) 괴수 웬 말인가

독사 같은 김병수는
이소능장以少凌長4)할 뿐더러
예의 지체 논재컨대
졸장교지拙將較之5) 하리로다

부뱀 같은 당시모는
녹음방초 우거진 데
펄펄 뛰며 날뛰다가
구월 상풍霜楓 돌아드니

---

2) 돈으로 벼슬을 사려고 온갖 짓을 다 함.
3) 불한당. 남을 괴롭히는 것을 일삼는 파렴치한 무리.
4) 젊은 사람이 어른을 업신여김.
5) 못난 장수에 견줌.

자취조차 간데없다

조창여의 자대이[6]는
황아장수 개지[7]로다
꼬랭이를 졸졸 끌며
먹을 데로만 찾아간다

신안관에 사람 없어
신병일을 좌수랄까
외물이 여북하면
꿈엔들 이 말 하리

팔도 삼백육십 현에
차읍 간폐 우심尤甚하다
경박한 자 신경균은
웅주 대읍 망케 하소

---

6) 자태, 모양.
7) 황아장수는 집집마다 찾아다니며 일용 잡화를 파는 사람. 개지는 강아지일 듯.

안동 부사 윤오감이

안동 부사 윤오감이
동문으로 들은 행차
사개 동문 건너서니
병이 드네 병이 드네
윤오감이 병이 드네

봉사 들여 독경한들
독경 덕을 볼쏜가
의원 들여 약을 쓴들
약 효험을 볼쏜가
무녀 들여 굿을 한들
굿 덕이나 볼쏜가

금시 무녀 연락宴樂[1]하마
새경지[2]가 춤을 추마
더벅머리 두둘새야

---

1) 잔치를 벌임. 여기서는 무당의 푸닥거리를 말한다.
2) 소경. 앞 못 보는 사람.

쫓을쏘냐 막을쏘냐
윤오감이 죽는 날에
부사 양반 지연지고
만백성은 춤을 추고
구양 시내 밝아 오네

정승의 아들 녀석 먹통이라

정승의 아들 녀석 하두하두 먹통이라
하늘천 따지 자를 삼년 석달 배웠건만
그래도 그 두 자를 깨닫지 못했다고
앞에서도 수군수군 뒤에서도 수군수군

정승의 아들 녀석 하두하두 박통이라
아침부터 저녁까지 빈 책장만 넘기다가
서산 장책 필낭[1] 들고 뒤룩뒤룩 달아나네

하늘천 따지 자를 석삼년을 읽었으니
온호 이끼야[2]를 몇 삼년에 읽을런고
글방 사장 기가 막혀 담뱃대를 툭툭 치며
에고 답답 못살겠다 소만도 못한 녀석
너를 가르쳐서 대과급제 하겠느냐
삼정승의 아들 되어 판무식이 서럽구나

---

1) 서산은 옛날에 글을 읽은 횟수를 계산하던 것. 장책은 책장을 눌러두기 위하여 나무로 깎아 만든
   자막대기 같은 것. 필낭은 붓을 넣어 차고 다니는 주머니.
2) 어조사 호乎와 야也. 천자문 마지막에 있는 글자.

정승의 아들 녀석 소만도 못하다니
그 소리는 듣기 싫어 대문 열고 중문 열고
큰사랑에 올라가서 정승 아비 문전에서
글방 사장 너무하오 소만 못하다 하옵데다

정승은 큰 갓 쓰고 긴 담뱃대 비껴들고
게 있느냐 하인들아 글방 선생 잡아와라
내 자식이 축생[3]이면 이 어이 될 말이냐
듣거라 글방 선생 황우소가 저게 있다
오늘부터 석달 열흘 저 소를 글 가르쳐
뜻을 알게 못 할지면 난장을 맞으리라

사장이 기가 차서 황우소를 두드리며
소야 네가 미물이나 농사꾼의 벗님이라
후치질[4] 써레질을 뜻과 같이 알아 하니
글인들 모를쏜가 말인들 모를쏜가

삼석달을 붙어 서서 하늘천을 가르치고
삼석달을 붙어 서서 따지 자를 가르쳤소
지성이 통했는지 인정이 통했는지
하늘천을 외쳐 주면 황우소는 하늘 보고

---

3) 온갖 짐승.
4) 극젱이로 고랑을 파서 이랑의 흙을 돋우는 일. 극젱이는 쟁기처럼 생겼으며, 땅을 가는 데 쓴다.

따지 자를 외쳐 주면 황우소는 땅을 보고
정승의 아들보다 하늘땅을 쉽게 아네

정승이 할 말 없어 제 자식을 돌아보니
하늘땅 사이에서 만고의 반편이라
가오 가오 나는 가오 글방 사장 나는 가오
천지현황天地玄黃 못 가르쳐 단대목[5]에 나는 가오
황소 고삐 이끌고서 산전山田이나 일구오리

---

5) 설날 직전.

산골 중이 동냥 왔소

동냥 왔소 동냥 왔소 산골 중이 동냥 왔소
동냥이사 주지마는 줄 이 없어 못 주겠네
느 어매는 어디 갔노 울 어매는 친정 갔다
느 아배는 어디 갔노 울 아배는 서울 갔다
느거 올키 어디 갔노 우리 올키 친정 갔다
느 오라배 어디 갔노 울 오라배 처가 갔다
느거 동생 어디 갔노 우리 동생 공부 갔다

삽짝 밖에 섰던 중놈 마당 안에 썩 들오네
마당 안에 섰던 중놈 축들 밑에 썩 들오네
축들 밑에 섰던 중놈 축담 위에 썩 올라서네
축담 위에 섰던 중놈 마루 위에 썩 올라서네
마루 위에 섰던 중놈 방 안에라 썩 들왔다

중내 나네 중내 나네 딸의 방에 중내 나네
중이 먹던 밥그릇에 중내 나서 못 먹겠네
중이 먹던 숟가락에 중내 나서 못 먹겠네
에라 이년 물러서라 니 갈 데로 나가거라

중놈의 염불

대방광불 마하경 약여욕요지[1]
십장모경 연화경 정구업진언
수리수리 마하수리 수리수리[2] 먹구 싶어
중놈 염불이 엉망이다

이 상봉 하 삼장사에 사세 난처한 저 중 보소
주색을 못 잊어서 육길 작지 칠폭 가사
고깔 송낙 다 쓰고도 장마당으로만 빙빙 돈다

못다남 옴 도로도로 지미 사바하
정구업진언 수리수리 지장보살이 날 녹이네
가게마다 고깃국 집집마다 고운 처녀
나무아미타불이라 중의 신세 허망하다

설핏이 해가 지니

---

1) 화엄경의 첫 구절.
2) 불경을 외기 전에 정구업진언淨口業眞言을 외는데, 이것을 외면 입으로 지은 죄업을 씻는다고
한다.

고깔 벗어 등에 지고 가사 벗어 품에 품고
뒷골목을 찾아들어 뒷문 조꼼 열어 주소
비두발괄[3] 다한 뒤에 술 한잔을 먹었구나

수수리 사바하 술 한잔에 기가 나서
문구멍도 뚫어 보고 담벼락도 밀어 보고
발광이 자심하여 과붓집에 들었다가
모둠매를 맞고 보니
백천만겁난조우 원해여래진실의[4]

심산궁곡 하릴없이 탄식하며 올라가니
내 팔자가 어이하여 암상巖上 노불老佛이 되단 말고

나무나무 스무나무 애미애미 처녀 애미[5]
상사불견相思不見 이내 심사 십년공부가 허사로구나

---

3) 억울한 사정을 하소연하면서 간절히 청하여 빎. 비대발괄.
4) 불교 노래인 '개경게'의 한 구절로 '백천만겁의 시간이 지나도 만나기 어렵지만 여래의 진실된
   뜻을 얻길 원한다.'는 말이다.
5) '나무아미타불'의 아미阿彌와 미인의 눈썹을 말하는 아미蛾眉가 음이 같아서 이렇게 노래했다.

뚜껍아 뚜껍아

뚜껍아 뚜껍아
네 등이 와 그렇노
전라 감사 살 적에
음탕한 짓 많이 해서
창이 올라 그렇다

뚜껍아 뚜껍아
네 손바닥이 와 그렇노
전라 감사 살 적에
장기바둑 많이 둬서
못이 박혀 그렇다

뚜껍아 뚜껍아
네 눈이 와 그렇노
전라 감사 살 적에
울군불군 많이 먹고
붉힌 눈이 남아 있네

사슴아 노루 사슴아

사슴아 사슴아 노루 사슴아
너 잡으려고 관 사냥 났다
날 잡아서 무얼 하나요
네 껍데기 곱게 다듬어서
평안 감사 병부[1] 짓고
그 짐 짓고 남저지[2]는
전라 감사 병부 짓고
그 짐 짓고 남저지는
황해 감사 병부 짓고
그 짐 짓고 남저지는
동네 큰아이 고릿감으로
다 나간다

---

1) 조선 시대에 군대를 동원하는 표지로 쓰던 동글납작한 나무패인 발병부. 여기서는 그 발병부를
넣어 두는 주머니를 말한다.
2) 나머지.

하늘에서 똥강아지 내려와

하늘에서 똥강아지 내려와
호박뿌리 밀뿌리 다 캐어 먹고
콩 서되 서홉
두붓감으로 둔 것 다 먹고
장독 밑에 똥 싸고
원님의 젓갈로 밑 씻었습니다

돌담 쌓아라, 돌담은 헐지요
흙담 쌓아라, 흙담은 뚫지요
철사 바주[1] 쳐라, 철사 바주는 뛰어넘지요
쳐라, 처는 여편네지요
따려라, 딸도 자식이지요
똥국 오줌국에 신 축여 물려라

---

1) 바자. 갈대나 수수깡 따위를 엮어 울타리를 만든 것인데, 여기서는 철사로 엮은 울타리.

꼬랑꼬랑 객사 꼬랑

꼬랑꼬랑 객사 꼬랑
여대복송[1] 심었더니
올라가는 구관 사또
내려오는 신관 사또
맛 좋다고 다 따 먹고
빛 좋다고 다 따 먹고
우리 윗집 김 도령은
맛 못 보아 한이로다

---

1) 복송은 복숭아. 경상도와 충청도 사투리이다.

통인님요 통인님요

호오단상 딸일러니
천금 같은 안핼러니
애기 대롱 서신다고
열두 담장 뛰어넘어
능금 한 쌍 베치먹고
삼단 같은 이내 머리
형틀 밑에 쓰러지고
분통 같은 이내 손목
새롱 팔로 씻어 내고
통인[1]님요 통인님요
매끝[2]이나 보아주소
매끝이사 본다마는
물명주 단속곳이
매끝마다 무너난다[3]

---

1) 사또 밑에서 잔심부름하던 구실아치.
2) 매질하는 기세.
3) (옷이) 해어진다.

십장가十杖歌

일편단심 굳은 마음 일부종사 뜻이오니
일개 형벌 치옵신들
일년이 다 못 가서 일각인들 변하리까

이부절二夫節을 아옵나되 불경이부 이내 마음
이 매 맞고 영 죽어도 이 도령은 못 잊겠소

삼종지례三從之禮 정중한 법 여자 행실 알았으니
삼치형문三治刑問 정배定配를 갈지라도[1]
삼청동 우리 낭군 이 도령은 못 잊겠소

사대부 사또님은
사민공사四民公事 살피잖고
위력공사威力公事 힘을 쓰니
사십팔방 남원 백성 원망함을 모르시오

■ '춘향가' 중 한 가락. 춘향이 변학도에게 매를 맞으면서 부르는 노래이다. 이 노래는 '십장가',
  '형장가' 또는 '매질 타령' 등 길고 짧은 여러 가지 형식들로 많이 불렸다.
  1) 세 차례 곤장을 맞고 귀양을 갈지라도.

사지를 가른대도 사생동거死生同居 우리 낭군
사생 간에 못 잊겠소

예의 도덕 바로 지켜 부부유별
오행으로 맺은 연분 올올이 찢어낸들
오매불망 우리 낭군 온전히 생각나네
오동추야 밝은 달은 님 계신 데 보련마는
오늘이나 편지 올까 내일이나 기별 올까
무죄한 이내 몸이 옥사할 일 없사오니
오결誤決 죄수 마옵소서[2] 애고애고 내 신세야

육육은 삼십육으로 낱낱이 고찰하여
육만 번 죽인대도 육천 마디 어린 사랑
맺힌 마음 변할 수 전혀 없소

칠거지악 아니어든 칠개 형문 웬일이오
칠척 검 드는 칼로 동동이 장글러서[3]
이제 바삐 죽여 주소
치라 하는 저 형방아 칠 때마다 고창高唱[4] 마소
칠보홍안七寶紅顔[5] 나 죽겠네

---

2) 잘못 판단하여 억울한 죄인을 만들지 마옵소서.
3) 토막을 내어서.
4) 형리들이 매를 칠 때 몇 번 쳤다고 높이 소리를 지르던 것.

팔자 좋은 춘향 몸이 팔도 방백 사또님

제일 명관 만났구나 팔도 방백 사또님네

치민治民하러 내려왔지 악형惡刑하러 내려왔소

구곡간장 구부 썩어

이내 눈물 구년지수九年之水[6] 되겠구나

구고청산 장송 베어 정강선 무어 타고

한양 성중 급히 가서 구중궁궐 성상 전에

구구원정 주달하고[7] 구정 뜰에 물러 나와

삼청동을 찾아가서 우리 사랑 반겨 만나

굽이굽이 맺힌 마음 저근듯 풀련마는

십생구사十生九死 할지라도 팔십 년 정한 뜻을

십만 번 죽인대도 가망 없고 무가내無可奈지

십육 세 어린 춘향 장하원귀杖下冤鬼[8] 가련하오

십오야 밝은 달은 뜬구름에 묻혀 있고

서울 계신 우리 낭군 삼청동에 묻혔으니

달아 달아 보느냐 님 계신 곳 나는 어이 못 보는고

---

5) 여러 가지 패물로 단장한 고운 얼굴.

6) 오랫동안 계속되는 큰 홍수. 요나라 때 구 년 동안이나 계속되었다는 홍수.

7) 이런저런 억울한 사정을 아뢰고.

8) 매 맞아 죽은 원통한 귀신.

이십오현탄야월二十五絃彈夜月에 불승청원不勝淸怨 저 기러기[9]
너 가는 데 어드메냐 가는 길에 한양성 찾아들어
삼청동 우리 님께 내의 형상 자시 보고
부대부대 잊지 마라

십장가

일정지심一定之心 있사오니 이러하면 변할 테요
이부二夫 아니 섬긴다고 이 거조는 당치 않소
삼강[1]이 중하기로 삼가이 본받았소
사지를 찢더라도 사또의 처분이오
오장을 갈라 주면 오죽이 좋소리까
육방[2] 하인 물어보오 육시하면 될 터인가
칠사[3] 중에 없는 공사 칠 대로만 쳐 보시오
팔면 부당 못 될 일을 팔짝팔짝 뛰어 보오
구중 분우分憂[4] 관장 되어 궂은 짓을 그만하오
십벌지목十伐之木 믿지 마오 십년 기약 변함없소

---

9) 거문고를 타는 달밤에 한스러움을 견디지 못하는 저 기러기.

1) 부자, 군신, 부부 사이에 지켜야 할 도리.
2) 고을 원 밑에 딸린 이방, 호방, 예방, 병방, 형방, 공방.
3) 수령이 고을을 다스릴 때 힘써야 하는 일곱 가지 일.
4) 천자의 근심을 나눈다는 뜻으로, 지방관을 달리 이르는 말.

십장가

일개 기생이나 일부종사할 마음을 일시인들 변하리까
이부불경 이내 마음 이군불사二君不事 다르런가
삼종지도 중한 법을 삼강오륜 버리리까
사대부 사또님은 사기사史記事를 모르시오
사시장청四時長靑 송백 철이 사월 맥황麥黃¹⁾ 다르리까
오매구지痲寐求之 요조숙녀는 군자호구君子好逑 소첩이요
오칙이 발거겻나 오형五刑에 죽이거나 처분대로 하옵시오
천하를 주름잡는 변사의 구변인들 소녀 마음 달래리까
칠성검 드는 칼로 어서 바삐 죽여 주오
구곡간장 썩은 눈물 구천에 사무치니 구년지수 되었어라
십생구사 할지라도 우리 낭군 가실 때에
십년 기약 하였으니 십분 통촉하옵소

십장가

일편단심 춘향이
일정지심 먹은 마음 일부종사 하쟀더니
일신 난처 이 몸인들 일각일시 변하리까

---

1) 사월에 보리가 누레짐.

일월같이 맑은 절개 이리 곤케 말으시오

이부불경 이내 마음 이군불사 다르리까

이 몸이 죽더라도 이 도령을 못 잊겠소

이 몸이 이러한들 이 소식을 뉘 전할까

이왕 이리 되었으니 이 자리에 죽어 주오

삼청동 도련님과 삼생 연분 맺은 죄요

삼강을 내 몰랐소 삼척동자도 아는 일을

삼분오열[1] 할지라도 삼종지도 중한 법을 삼생에 버리리까

삼월 삼짇 연자燕子같이 훨훨 날아가서

삼십삼천[2] 올라가서 삼태성[3]께 원정할까

애고애고 설운지고 유혈이 낭자 불쌍하다

십장가

전라좌도 남원 남문 밖의

월매 딸 춘향이가 불쌍하고 가련하다.

하나 맞고 하는 말이

일편단심 춘향이가

---

1) 여러 갈래로 갈려 흩어짐.

2) 옛사람들은 하늘이 서른세 층으로 되어 있다고 생각했다. 여기서는 높은 하늘이라는 뜻.

3) 대웅좌성의 세 별. 하늘의 별들 가운데 높은 자리를 차지하고 있다 한다.

일종지심 먹은 마음

일부종사 하겠더니

일각일시 낙미지액落眉之厄[1]에 일일칠형 웬일이오

둘을 맞고 하는 말이

이부불경 이내 몸이 이군불사 본을 받아

이수중분백로주二水中分白鷺洲[2] 같소

이부지자二父之子 아니어든 일구이언 못 하겠네

셋을 맞고 하는 말이

삼한 갑족 우리 낭군 삼강에도 제일이오

삼춘화류三春花柳 승화시勝花時에 춘향이가 이 도령 만나

삼배주 나눈 후에 삼생 연분 맺었기로

사또 거행은 못 하겠소

넷을 맞고 하는 말이

사면 차지 우리 사또 사서삼경 모르시나

사시장춘 푸른 송죽 풍설이 잦아도 변치 않소

사지를 찢어다가 사면으로 두르셔도

사또 거행은 못 하겠소

---

1) 눈앞에 닥친 재난.
2) '두 물줄기는 백로주를 끼고 나뉘어 흐른다.' 는 뜻으로, 이백의 시 구절.

다섯 맞고 하는 말이

오매불망 우리 낭군 오마 하고 아니 오네

오늘 올까 내일 올까 기다리고 바라다가

오장육부 미어질 듯 우리 낭군만 보고지고

여섯 맞고 하는 말이

육국 유세 변사라도 나를 달래지 못하리라

육례 연분 훼절하려 할 제 육진장포³⁾로 질근 동여

육리청산陸里靑山⁴⁾에 버리셔도 육례 연분 못 잊겠소

일곱 맞고 하는 말이

칠리 청택 흐르는 물 풍덩실 넣으셔도

칠월 칠석 오작교에 견우직녀 상봉같이 우리 낭군만 보고지고

여덟 맞고 하는 말이

팔자도 기박하다 팔십 노모 어이하리 팔팔결이 다 틀렸구나

팔년풍진 난리판에 팔진도⁵⁾를 풀어내는 어진 장수 이에 와 계신가

애를 쓴들 무엇 하리

아홉 맞고 하는 말이

구차한 춘향에게 굽이굽이 맺힌 설움

3) 함경도 육진 지방에서 나는 척수尺數가 매우 긴 베.
4) 주인 없는 땅.
5) 군사들을 데리고 여덟 가지 모양으로 진을 치는 법.

구곡지수 아니어든 구관 자제만 보고지고

열을 맞고 하는 말이
십악대죄 오늘인가 십생구사 할지라도
시왕[6] 전에 매인 목숨 십육 세에 나 죽겠소

비나이다 비나이다 하느님 전 비나이다
서울 사시는 구관 자제 남원 어사 출두하사
요내 춘향 살려 주소서

---

6) 저승에 있다는 사람의 운명을 재단하는 열 명의 왕.

형장가刑杖歌

형장 태장 삼모진 매로
하나를 치고 짐작할까 둘을 치고 고만둘까
삼십 장의 맹장하니[1] 일촌간장 다 녹는다
걸렸구나 걸렸구나 일등 춘향이 걸렸구나
사또 분부 지엄하기로 인정을랑 두지 마라
국곡 투식 하였느냐 엄형 중치 무삼 일고[2]
살인 도모 하였느냐 항쇄 족쇄[3] 무삼 일고
관전 발악 하였느냐 옥골 쇄신[4]은 무삼 일고
불쌍하고 가련하다 춘향 어미가 불쌍하다
먹을 것을 옆에다 끼고 옥 모퉁이로 돌아들어
몹쓸 년의 춘향이야 허락 한마디만 하려무나
에구머니 그런 말씀 마오 허락 말씀이 웬 말씀이오
옥중에서 죽을지언정 허락하기는 나는 싫소
새벽 서리 찬바람에 울고 가는 저 기러기
한양 성내 가거들랑 도련님 소식을 전해 다오

---

1) 곤장 삼십 대를 매섭게 치니.
2) 나라 곡식을 훔쳐 먹었느냐, 가혹히 형벌을 내리고 무거이 다스림은 무슨 까닭인고.
3) 죄인 목에 쐬우던 칼과 발에 채우던 차꼬.
4) 옥같이 고운 몸이 으스러지게 매를 침.

집장가執杖歌

집장 군로[1] 거동 보아라
춘향을 형틀에다 덩그렇게 올려 매고
형장 한 아름을 드립다 덥석 안아다가
춘향 앞에다 좌르르 펼쳐 놓고
좌우 좌졸들이 집장 배립하여
분부 들자워라 여쭈어라 바로바로
아뢸 말씀 없소 사또 안전에 죽여만 주오

집장 군로 거동 보아라 형장 하나를 고르면서
이놈도 집어 느근느근 저놈도 집어 능청능청
춘향이를 곁눈 주며 저 다리 들어라 뼈 부러질라
눈 감아라 보지를 말아라
나 죽은들 널 매우 치리 걱정을 말고 근심을 마라

집장 군로 거동을 보아라
형장 하나를 잡고 선뜻 들고 내닫는 형상
지옥 문지기였던 사자가 철퇴를 들고 내닫는 형상

---

1) 집장 군뢰. 매를 잡고 죄인을 치는 병졸.

좁은 골에 벼락 치듯 너른 들에 번개 하듯
십 리만치 물러섰다 오 리만치 달려들어
형장 하나를 딱 붙이니
아이고 이 일이 웬일이란 말이오
허허 이년아 말 듣거라
꽃은 피었다가 저절로 지고
잎은 피었다가 다 뚝뚝 떨어져
허허 한 치나 광풍에 낙엽이 된다

청포도를 좌르륵 훑어 맑고 맑은 구곡수에다가
풍지덩 덩실 흐늘거려 떠내려가는구나
말이 못된 네로구나

누으리 나으리

누으리 나으리
개똥밭에 미나으리

■ 이 노래부터 231쪽 '연주문을 열어라' 까지는 양반네를 비판하거나 조롱하는 동요들이다.

양반 양반 두냥반

양반 양반 두냥반
양반 양반 스나반[1)]

개 팔아 두냥반

양반
개 팔아 두냥반
돼지 팔아 석냥반
소 팔아 넉냥반

---

1) 석 냥 반.

송구털털

털털 송구털털
서울 양반 벼슬 못 해 털털
시골 양반 농사 못 해 털털

털털 송구털털
관청 이방 사람 못 처 털털
빚쟁이는 돈 못 받아 털털

▪ 흉년에 소나무 속껍질로 송기떡을 만들어 먹으면서 부른 노래이다.

서울 양반 귀밑눈

서울 양반 귀밑눈[1]
암행어사 퉁방울눈
고을 군수 모밀눈[2]
악한 지주 덮개눈[3]
일만 백성 샛별눈

---

1) 약간 길게 생긴 작은 눈.
2) 메밀눈. 작고 세모진 눈.
3) 윗눈시울이 축 처진 눈.

꿀 한 단지 있길래

서른 해 두 흉년에 눈물고에 빠져서
헤어나지 못하고 울고 울고 울다가
꿀 한 단지 있길래 냠냠하고 먹었지
배고파서 먹은 게 어찌해서 죄라고
관청 나졸 다 나와 벌떼같이 덤비누

석류 한 쌍 따다가

대궐 안에 들어가
석류 한 쌍 따다가
시녀에게 들켜서
응달소[1]에 잡혀가
사흘 동안 갇혔네

---

1) 가벼운 범죄자를 처벌하던 곳.

이 주먹이 뉘 주먹이오

돌이네 오막살이 뒤뜰 안에서
감나무 한 그루가 탐스럽게 자랐다네
그 감나무 가지가 동으로 뻗어
나직한 담장을 넘어갔다네
그 담장 너머는 김 지주네 집
욕심 많은 영감이 살고 있었다네

감나무 가지에서 주렁주렁 감이 열려
가을 들어 곱게 곱게 익어 가니까
김 지주 영감쟁이 그 감을 다 땄다네
돌이네 감나무를 가지째 꺾었다네

돌이는 화가 나서 달려갔다네
김 지주네 사랑마루 올라섰다네
영창문 밖에서 창호지를 꾀지르며
주먹을 방 안으로 불쑥 내밀었네

■ 야담집에 들어 있는 이야기를 노래로 부른 것이다.

어느 놈이 이렇게 주먹을 내미느냐
어서어서 주먹을 도로 뽑아라
아니 이 주먹이 뉘 주먹이오
도대체 이 주먹이 내 주먹이오

그럼 그것이 네 주먹이지
어서어서 네 주먹 도로 뽑아라
주먹은 내 것인 줄 잘도 알면서
감나무가 내 것인 건 왜 모르나요

돌이는 소리소리 호통을 쳤다네
감나무도 우리 거니 다치지 마오
우리 마당 안에다 뿌리를 박아
아침저녁 물을 주고 거름을 주었소

그 감을 따서는 곶감 만들어
할아버지 할머니 제사 지내고
가난한 우리 식구 모두 모여서
추석 명절 설 명절에 먹어야겠소

첨지 첨지 놀고먹는 첨지

지주 첨지 지주 첨지
앞뒤 논밭 도맡아서
우리 부모 피땀 빨아
배뚱뚱보 되었다지

첨지 첨지 지주 첨지
뻔뻔스런 욕심쟁이
우리 부모 지은 곡식
저 혼자만 먹는다지

첨지 첨지 지주 첨지
놀고먹는 지주 첨지
우리 부모 다 굶어도
이밥[1] 남아 개 준다지

---

1) 흰 쌀밥.

지주 첨지 배 좀 봐라

덥지도 않은데 부채질 슬렁슬렁
논다랭이 오솔길로 팔자걸음 걸어오는
지주 첨지 배 좀 봐라

세모시 두루막에 앞자락을 제쳐서
구시통[1] 같은 배를 쑥 내밀었네
배 밑에는 덜렁덜렁 주머니를 찼는데
그 안에 빚 문서가 가득 찼다네

지주 첨지 욕심쟁이 보기 싫다 오지 마라
네 배때기 채우자고 온 들판을 비우겠느냐

---

1) 구유. 가축에게 먹이를 담아 주는 그릇.

뚱 뚱 배뚱이 무얼 먹고 불었노

뚱 뚱 배뚱이 무얼 먹고 불었노
앞들 먹고 불고 뒷들 먹고 불고
농사꾼의 기름에 유들유들 불었다

뚱 뚱 배뚱이 무얼 먹고 컸노
앞산 먹고 크고 뒷산 먹고 크고
나무꾼의 눈물에 우적우적 컸다

뚱 뚱 배뚱이 무얼 먹고 쪘노
이 강 먹고 찌고 저 강 먹고 찌고
뱃사람의 한숨에 스리슬슬 쪘다

저놈의 배뚱이 바위 밑에 가다가
썩비럭[1]이 무너져 납작 치여 죽어라

---

1) 보잘것없는 땅. 비럭밭은 자갈논과 짝을 이룰 정도로 농사짓기 힘든 땅이다.

뚱뚱배에 데룽 달린 주머니

지주 영감 뚱뚱배에 데룽 달린 주머니
쩔랑쩔랑 수수 돈 돈궤 가득 있어도
있고도 없는 척 빈 주머니 데룽 찼네

우리 아빠 홑적삼에 크게 달린 주머니
엽전 한 푼 없어도 산에 가면 불룩하지
오늘도 따 온 밤 우리끼리 나눠 먹네

배똥똥이 맹꽁

잘캉잘캉 엄마가 베 짜는 소리
잠자는 우리 남매 자장가지요

긴긴 필 말으시며 밤새워 짜도
입쌀밥 언제 한번 못 해 먹어요

구렁이눈, 왁새[1]코, 큰집의 배똥똥이
꼭 보면 장마철 맹꽁이야요

---

1) 왜가리.

구렁이눈에 왁새코

구렁이눈이 보고 있어요
담장 위에 슬슬 기어가다가
씨암탉이 품은 닭알을
말없이 노리는
그 구렁이눈이 보아요

왁새코가 나타났어요
논가에 어물어물 걸어가서는
골뱅이를 쪼아 처먹는
심술이 사나운
그 왁새코가 왔어요

우리 마을 지주 마름

우리 마을 지주 마름
독사같이 모질대요
피땀으로 지은 곡식
송두리째 뺏어가고
우리 부모 끌어다가
일을 시킨대요

꼬부랑 꼽짝 논길에

꼬부랑 꼽짝 논길에
함박 같은 지주 온다
지주 뒤에 마름 온다
마름 뒤에 개 온다
개 뒤에는 뱀 온다

사흘을 굶어서 아가는 울고요

사흘을 굶어서 아가는 울고요
엄마는 비칠비칠 나물 캐러 갔는데
지주가 와서는 빚을 내래요
지주놈은 독사, 바위 밑에 살모사

삼년을 일궈서 만든 뙈약밭
기장과 수수가 한두 알씩 달렸는데
그것을 제 땅이라 몽땅 앗아가 버리니
지주놈은 독사, 바위 밑에 살모사

눈깔 봐라

이 눈 봐라 저 눈 봐라
주인놈의 눈깔 봐라
소나기는 쏟아지고
깔짐[1]은 쓰러지고
게타리는 웅처지고
소는 도망가고
담뱃대는 잃어버리고
정신이 달아났구나

---

1) 소 먹일 풀을 베어서 쌓아 놓은 것. '깔'은 '꼴'의 전라도 말.

긴긴 담뱃대

울 마을 지주 영감 긴긴 담뱃대
그늘 밑에 늘어져 소작인들 일하라
호통 치는 담뱃대 긴긴 담뱃대

울 마을 지주 영감 긴긴 담뱃대
망짝[1]만 한 궁둥이 옴짝달싹 떼기 싫어
길게 만든 담뱃대 긴긴 담뱃대

---

1) 매짝. 맷돌 짝.

망종일세

망종일세 망종이야
지주놈이 망종일세
나 많은 어른도
못 알아보고요
안경을 버티고
담배를 피우면서
반말 찍찍 하는 꼴
정말로 망종일세

단지 단지 쓸개 단지

단지 단지 비위 단지
남의 것 먹고 얌얌

단지 단지 심술 단지
네 것 도라 꿀꺽

단지 단지 쓸개 단지
잡아 뽑아 개나 줄까

부자는 부자

부자는 부자 한 짐 지고 가자
망깨 똥깨 새끼 자식 망나니

부자는 부자 고래 등에 기와집
쫄쫄이 꼴랭이 암캐 새끼 깨개갱

벼 한 섬 꾸러 왔네

구백아흔아홉 섬
노적해 놓고
장개 첨지 장개 첨지
벼 한 섬 꾸러 왔네
쭉정벼 한 섬
봉당에 놓고
한숨짓는 우리 집에
벼 꾸러 왔네

바래미 소래미

바래미 소래미[1]
상상봉 언제 고개
고개 밑에 기와집
터구렁이 서리서리

바래미 소래미
나무 아래 연못가
고래 같은 기와집
대문 소리 찌그덩

바래미 소래미
한길가에 솟을문
우중충 기와집
지주놈이 죽었대

---

[1] 바래미, 소래미는 마을 이름.

비가 와서 글쎄

비가 와서 글쎄 시냇물이 불었네
시냇물이 불어도 시내를 건너가네
아버진 건정건정 건너가시고
그 뒤에 누렁소도 따라 건너고
나어린 아이들도 모두 건너왔는데
뚱뚱보 지주놈은 물을 못 건너
여봐라 저봐라 사람을 부르네

가만가만 언덕으로 기어올라서
지주놈을 왈칵 밀어 버릴까
뚱뚱 뚱뚱배 둥둥 떠내려가
보글보글 물을 먹고 아이고지고 죽어 가게

비야 비야 소낙비야

비야 비야 소낙비야
너무 급히 오지 마라
울 아버지 가꾼 곡식
울 어머니 심은 목화
요리조리 넘어지면
김 진사 댁 변 영감이
곤장 들고 호령할 때
우리 부모 기절한다

망아지도 성이 나서

망아지가 뛰어 났네 지주놈의 망아지가
아무도 그 망아지 잡아 주지 마세요
망아지도 성이 나서 뛰어 났지요

송아지가 뛰어 났네 지주놈의 송아지가
아무도 그 송아지 잡아 주지 마세요
송아지도 화가 나서 뛰어 났지요

머루 다래나 풍년이 들면

풍년이 들면 무얼 해요
지주네 성화에 다 달아나지.

머루 다래나 풍년이 들면
산골 아이들 목 적시지

오막조막 메신

할아버진 수석수석
신발만 삼으시네

딴총들이 육날[1]은
지주놈의 신발

오막조막 메신[2]은
우리 언니 신발

---

1) 육날은 육날미투리. 날을 여섯 개로 하여 짚신처럼 삼은 신. 총은 짚신 앞쪽 양편으로 신의 높이를
   이루는 낱낱의 울.
2) 짚신.

양반은 가죽신

양반은 가죽신
쌍놈은 메투리
어른은 짚신
아이들은 맨발

방아 방아 물방아

방아 방아 물방아
쿵덕쿵덕 물방아
엄마 아빠 지은 쌀
잘도 찧는 물방아

방아 방아 물방아야
입쌀 찧어 누가 먹니
그걸 몰라 내게 묻니
배불뚝이 지주 먹지

방아 방아 물방아
할 수 없이 도는 방아
찧은 입쌀 다 뺏기고
아빠 엄마 눈물 찧네

장날

장날엔 정말로 속이 상해요
우리 아빠 지게 발엔 명태 한 마리
지주 집의 장짐[1]만 한 짐 지고요
비지땀을 흘리면서 돌아오지요

---

1) 장에서 샀거나 또는 팔 물건을 꾸린 짐.

울 아기는 울고 있어도

한낮이 한껏 한껏 기울었는데
배고파 울 아기는 울고 있어도
엄마는 부잣집인 남의 아기께
오늘도 분통 같은 젖을 먹이네

엄마는 아는지 알고도 모르는지
울 아기는 날마다 빳빳이 말라 가고
애 보기 내 잔등에 코때가 다닥다닥
아마도 엄마는 모르지는 않을 테지

게딱지 뙤약밭을 빌려 부친 그 죄가
오죽하면 내 동생 울 아기 내놓고
부자놈의 막내아들 먹여 살릴까
가엾구나 이내 신세 울 아기 신세

노닥노닥 기운 바지

노닥노닥 기운 바지 너무 해져서
울 아버지 바지는 새털 같다고
글쎄 글쎄 모두들 새털 바지래

번쩍번쩍 비단 바지 강 지주 바지
우리 부모 지은 곡식 몽땅 뺏어서
저 혼자만 비단 바지 입고 다닌대

도둑놈 중에 상도둑놈

짤캉짤캉 짤캉짤캉
밤새도록 엄마는 베를 짰답니다

짤캉짤캉 짤캉짤캉
아침부터 엄마는 베를 짰답니다

짤캉짤캉 짤캉짤캉
해 지도록 엄마는 베를 짰답니다

엄마의 허리는 버들처럼 가늘어지고
엄마의 손끝에는 피가 났어요

그런데 그 베를 몽땅 앗아 가지
토방을 구르며 남김없이 뺏어 가지

그러니 그놈은 도둑놈이에요
도둑놈 중에도 상도둑놈이에요

올콩졸콩 양대콩

올콩졸콩 양대콩
바자 밑에 두태콩
콩 한 줌을 따다가
지주한테 들켰네

네 이놈의 지주야
네 땀 흘려 심었나
논길 밭길 오다가
독사한테 물려라

밥 한 사발 먹자 하니

밥 한 사발 먹자 하니 눈물 나서 못 먹겠네
엄마는 아바 먹소 아바는 너 먹어라
언니는 굶었는데 나 혼자만 먹단 말가

노나서 먹자 해도 그릇이 너무 많고
갈라서 먹자 해도 수저가 너무 많고
어이할지 몰라서 망설이고 있었네

저놈의 도둑괭이 지주놈의 도둑괭이
밥 한 사발 먹는다고 두 눈깔에 불을 켜고
오며 가며 보는구나 으릉대며 보는구나

또랑골 양반이 또랑을 파니

또랑골 양반이 또랑을 파니
가재골 양반이 가재를 잡아서
노락골 양반이 노랗게 구닝깨
꼴닥골 양반이 꼴딱 먹어서
불리골 양반이 분하여
소지골 양반이 소지[1]를 올리더라

되작골 양반이 되작해서

되작골 양반이 되작해서
노락골 양반이 노랗게 구워 노니
납작골 양반이 납작 집어먹었네

---

1) 소지所志. 관아에 청원하려고 내는 문서.

양반 양반 말도 마라

양반 양반 말도 마라
꼬리 꼬리 돼지 꼬리
돼지보다 미련터라

양반놈이 앉던 자리
봄풀도 안 나더라

이리 치고 저리 치고

이리 치고 저리 치고
양반놈은 사람 치고

이리 치고 저리 치고
고기 잡아 먹어 치고

이리 치고 저리 치고
고운 애기 뺨 치고

이리 치고 저리 치고
마름놈은 볏단 치고

똥둑 귀신아

똥둑 귀신아 똥둑 귀신아
저놈의 모갈[1] 양반 잡아가거라

---

1) 줄어들고 닳아 없어짐.

서울 양반 죽었다네

서울 양반 죽었다네 왜 왜 죽었다나
부뚜막에 앉아서 밥치정[1]을 하다가
불개미한테 물려 죽었다네

무슨 행상 하던가 지게 행상 하데
무슨 떡을 했던가 숭팥떡을 했데
무슨 고물 했던가 양대 고물 했데
어디로 가던가 울타리 굼기로[2] 가데

누가 누가 울던가 암캐 수캐 울데
아이구 아이구 아이구 아이구

---

1) 밥투정.
2) 구멍으로.

꺼이꺼이 누가 우노

양반이 죽었는데 꺼이꺼이 누가 우노
첩년하고 강아지가 꺼이꺼이 지가 울지

양반이 죽었으니 노래나 불러 보세
장작불 피워 놓고 술이나 돌리면서
하하하 호호호 웃음이나 웃어 보세

길주 양반 죽었다네

죽었다네 죽었다네
길주 양반 죽었다네
어이어이 앵고앵고
한집에서 울음 울고
히히하하 히히호호
옆집에서 웃음 웃네

우구락 쭈구락 바가지

우구락 쭈구락 바가지
누굴 누굴 닮았나
고대광실 높은 집에
진수만찬 차려 놓고
징글맞게 웃는 얼굴
양반 나리 마누라
그 상판이 그 상판
똑같구나 똑같네

엄지장지 받아라

엄지장지 키다리 미용지
누루개 고개에
떡 한 섬이 떨어졌네

너도 묵고 나도 묵고
의논 좋게 먹자는데
도둑놈이 한 개
큰 갓 쓰고 왔네

네 이눔의 도둑아
엄지장지 받아라
불 간다 창 간다
엄지장지 받아라

양반 양반 꼬시다

바위가 둥글둥글
굴러 굴러 내렸다
굴러 굴러 내리다가
기와집을 받았다
기와집을 받아서
상기둥이 뿔라졌다
상기둥이 뿔라져서
큰방이 무너졌다
큰방에 자던 양반
서까래에 깔렸다
양반 양반 꼬시다
서까래에 깔렸다

패암 패암 밀보리

패암 패암[1] 밀보리
어서어서 피어나라
나라님도 못 하는 거
가난 구제 네 하리니

---

1) 곡식 이삭이 패어 나오는 것. 또는 그 이삭.

연주문을 열어라

성났다 변 났다
연주문을 열어라
호박국을 끓여라
너 먹자고 끓였니
나 먹자고 끓였지

■ 조선 말에 민간에서 불린 동요로, 당시 양반들의 사대주의를 풍자한 것이다. '연주문'은 중국에서
오는 사신을 맞아들이는 곳으로 영조문迎詔門 또는 영은문迎恩門이라고도 하였다.

남산 노래

저 남산에 가서
돌을 깨니
정 남은 이 없네

彼南山往 伐石釘無餘

　이성계가 조선을 세울 때 아들 방원芳遠이 많이 도왔는데, 왕위는 다른 아들 방석芳碩에게 넘겨주려고 하였다. 방원은 이에 불만을 품고 난을 일으켜 방석의 편을 들고 있던 정도전鄭道傳과 남은南誾을 죽이고 동생들인 방석과 방번芳蕃도 함께 죽였다.

　남산에 가서 돌을 깬다는 것은 난리가 난다는 말이며, '정 남은 이 없다'는 말은 돌 깨는 정이 남아나지 않는다는 말이면서 정도전과 남은이 죽을 것이라는 뜻이다.

보리도 익어야

보리도 익어야 걷지
눈이 어두워서 어린 처녀를 골랐나

나비도 꽃 보는 눈이 있는데
피지도 않은 꽃을 가지에서 꺾네

麥熟當求麥　目暗求女兒
蝶猶能有眼　來擇未開枝

■ 조선 태종 때 불린 노래로, 중국 사신들이 와서 민간에서 처녀들을 골라 데려갔는데 그중에는 너
무 어린 처녀들도 있었다.

순흥 고을 살아나야

은행나무 다시 살아
순흥 고을 살아나고
순흥이 산 다음에
노산이 복위한다

銀杏復生 順興復 順興後 魯山復位

▪ 경상도 순흥부 동쪽에 오래 묵은 은행나무가 있었다. 단종이 세조에게 왕위를 빼앗기고 쫓겨나자
순흥 고을에 유배 와 있던 금성대군과 고을 사람들이 함께 단종의 복위를 도모하다 발각되어 사람
들은 모두 잡혀가고 금성대군도 죽고, 은행나무도 말라 죽어 버렸다. 그리고 순흥부는 행정 구역
에서 폐지되었다. 그 뒤로 230년이 흘러 은행나무가 다시 싹이 터서 잎이 무성해졌으며 순흥부가
다시 행정 구역으로 복구되고 노산군으로 강등되었던 단종도 다시 이름을 되찾았다.
　이 노래는 그런 사실을 예언하며 불렀다고 한다.

충성이 사모냐

충성이 사모냐
거동이 교동이냐
흥청, 운평 어데 갔나
가시 밑에 돌아가네

忠誠詐謀乎　擧動喬桐乎
興淸運平之何處　乃向荊棘底歸乎

■ 연산군은 신하들이 쓰는 사모에 앞뒤로 '충忠'과 '성誠' 자를 써 붙이게 했다. 게다가 온 나라에
서 처녀들을 뽑아 오게 하였는데, 그 수가 1만 명이 넘었다 한다. 그들을 운평, 계평, 채홍, 속홍 들
의 이름으로 불렀고 그중 더 마음에 드는 처녀는 흥청이라고 불렀다. 여기서 흥청망청이란 말이
나왔다.
　연산군은 1506년 중종반정으로 왕위에서 쫓겨나고 교동도에 귀양 가서 세상을 마쳤다.

우스울로고

우스울로고
궂을로고
망할로고

見笑矣盧古 仇叱其盧古 敗阿盧古

■ 연산군은 학자들을 많이 죽이고 한글 사용을 금하고 성균관을 술놀이 장소로 만드는 등 하는 짓이
끔찍했다. 백성들은 노래로 연산군이 망할 것을 예언하였다.

금수레야 금수레야

금수레야 금수레야
물 밑으로 돌아가라

金車 金車 水底歸與

■ 15세기에 김륜金倫이라는 사람이 재능은 있으나 벼슬 욕심이 많았다. 사람들은 그가 벼슬을 그만
두고 고향인 수원으로 돌아갔으면 좋겠다는 뜻으로 이런 노래를 불렀으나, 김륜은 벼슬자리에 머
물러 있다가 마침내 큰 화를 입었다고 한다. '금수레'는 김륜을 가리키는 말이며 '물 밑'은 수원
을 말한다. 이수광이 쓴 《지봉유설》에 전한다.

형장을 형장 치면

형장을 형장 치면
면이 면할쏘냐

亨長乙 刑杖ソ厂
冤ヘ免ソ乙所卩也

■ 이 노래는 《동계만담》에 한자로 기록하고 그 밑에 구결로 토를 달아 놓았다.

　17세기 중엽에 김자점金自點이 인조 때 권력을 잡았다가 효종이 즉위하자 파직당했다. 이에 앙심을 품고 역관 이형장李馨長을 시켜 조선이 북벌을 계획하고 있음을 청나라에 알리게 했다. 이일이 발각되어 김자점은 유배당하고 그와 한 무리였던 이형장과 신면申冕도 처형되었다.

　이 노래는 그 사실을 풍자하면서 이형장을 형장을 치고 신면이를 처단하면 그것으로 조정이 큰 불행을 면할 것 같은가, 오히려 화근은 더 높은 사람들에게 있다는 뜻을 담고 있다.

미나리는 사철이요

미나리는 사철이요
장다리는 한철이요
메꽃 같은 우리 딸이
시집 삼 년 살더니
미나리꽃이 다 되었네

■ 숙종 때 인현왕후가 장 희빈의 모해로 궁에서 쫓겨나자 백성들이 지어 부른 노래이다.

　　장다리는 장 희빈을 뜻하고 미나리는 인현왕후 민 씨를 뜻한다. 장다리는 키가 크지만 한철만
살다가 얼마 못 가 시들고, 미나리는 사철 내내 살고 얼음장 밑에서도 살아남으므로, 장 희빈이 쫓
겨나고 인현왕후가 다시 왕후에 오를 것을 뜻하는 노래이다.

이경화야

성천의 이경화야
네 날 살려라

■ 숙종 때 평안도 성천에 이경화李景華라는 의원이 있었는데 의술이 뛰어나 사람들이 존경하였다. 그런데 당쟁에 휘말려 억울하게 죽은 듯하다. 그 뒤 순조 때 효명세자가 병에 걸렸다. 천하의 명의를 불러 모든 약을 다 써 봤지만 결국 세자는 죽었다. 그때 사람들이 이경화가 살아 있었다면 효명세자의 병을 고쳤을 것이라고 노래한 것이다.

철산 치오

철산 치오
가산 치오
정주 치오

■ 1811년에 일어난 평안도 농민 전쟁을 노래한 것이다. 홍경래洪景來를 지휘자로 한 농민군은 가산
다복동을 근거지로 하여 관서 일대를 휩쓸면서 서울로 가던 중 정주성 싸움에서 패하였다.

경복궁 새 대궐

아랫대궐 윗대궐
경복궁 새 대궐
영돌아 오랍신다
네에

■ 1865년에 경복궁을 중수하기 시작하여 2년 반이 걸렸는데, 이 공사에 많은 백성들을 끌어내었으
며 돈과 재물을 짜내었다.

매화 타령

바람이 분다
바람이 분다
연평도 바다에
칼바람이 분다

얼화 에야 에헤야
나이리 이러리 매화로다

■ 1866년에 프랑스 함대가 인천과 서울 근처를 침략하였다. 프랑스 침략군은 서울 부근에서 격퇴되
자 강화도, 교동도 등에 상륙하여 무기와 식량 들을 빼앗고 백성들을 학살하였다. 이 노래는 서해
바다에 적이 쳐들어올 것을 예견하고 백성들이 부른 것이라고 한다.

새야 새야 녹두새야

새야 새야 녹두새야
녹두밭에 앉지 마라
녹두꽃이 떨어지면
청포 장수 울고 간다

녹두새

아랫녘 새야 윗녘 새야
전주 고부 녹두새야
녹두밭에 앉지 마라
두류박[1] 딱딱 우여

▪ 이 노래는 1894년에 일어난 갑오농민전쟁 때 불린 노래이다. 갑오농민전쟁의 지휘자 전봉준全琫
準은 전라도 고부 사람으로 키가 작아서 '녹두 장군' 이라 불렸다.
1) 뒤웅박.

새야 새야 파랑새야

새야 새야 파랑새야
너 어이 나왔느냐
솔잎 댓잎 푸릇푸릇키로
봄철인가 나왔더니
백설이 펄펄 흩날린다
저 건너 저 청송녹죽이 날 속였네

새야 새야 파랑새야

새야 새야 파랑새야
만수무연 풍년새야
너 뭣 하러 나왔더냐
하철인가 나왔더니
온갖 풀이 날 속였네

■ 갑오농민전쟁 때 농민들이 의로운 마음으로 봉기를 하였으나 시기가 무르익지 못하여 실패하였
다는 뜻이 담겨 있다. 파랑새는 농민군을 뜻한다.

파랑새

연잎 댓잎이 푸릇푸릇하기들래
삼사월인 줄 알아 나왔더니
백설이 펄펄 휘날리고
동지섣달 분명하다

가보세 가보세

가보세 가보세
을미적 을미적 하다가
병신 되면 못 가 보리

■ 갑오농민전쟁이 갑오년에 일어났으며 그다음 해는 을미년이요, 또 그다음 해는 병신년이다. 갑오
년에 싸움을 잘하여 나라를 뒤집어엎어라, 을미적거리면서 을미년을 보내고 병신년까지 가면 뜻
을 이룰 수 없을 것이라는 내용이 담긴 노래이다.

나비잠

사대문을 걸고
나비잠만 잔다

■ 러일 전쟁이 일어나기 전에 서북 지방에서 불린 노래이다. 세계정세가 급박하여 외래 침략자들이
우리 나라를 먹자고 덤벼드는데 봉건 양반들은 사대문을 닫아걸고 쇄국주의를 강화하면서 잠만
자고 있음을 한탄한 것이다.

군바야 군바야
군바 군바

너도 잡고 나 나도 잡자
어화 우리 땅 탐내어 기어든
쪽발이 목덜미 틀어나 잡잔다
엥허리구 군바바 쨍허리구 군바바
넘실 넘실 또 넘실 바다 밑창에 처넣자

왜장 청정아

네놈이 왜장 청정[1]이 아니냐
네놈이 안동 삼십 리 안에
들어만 오면 들어만 오면
내 칼에 맞아 죽으리라

---

1) 임진왜란 때 일본군 대장 가등청정(가토 기요마사).

순창 기생 의암이는

순창 기생 의암이는
우리 나라 건지려고
왜장 청정 목을 안고
진주 남강에 떨어졌네

의암이

진주 기생 애애미는 우리 조선을 섬기자고
왜놈 장수 몸을 끌고 남강 물에 떨어졌네

우리 집 울 어머니 나를 하나 못 섬겨서
자는 듯이 누웠구나

■ 임진왜란 때 진주 남강에서 적장을 안고 죽은 기생 논개를 기리며 부른 노래이다. 의암은 논개가
물에 빠진 바위 이름인데, 논개를 의암이라고도 했다.

연줄가

연줄 간다
평양두 성내로 연줄 간다
그기 솟아 연줄일까
일만 군사 명줄이지

비가 온다
평양 성내로 비가 온다
그기 솟아 비라 하랴
일만 군사 땀방울이지

눈이 온다 눈이 온다
평양성에 눈이 온다
그기 솟아 눈이랄까
일만 군사의 떡갈기[1]지

■ 임진왜란 때 기생 계월향이 평양성 안에서 성 밖에 있는 군사들과 연을 날려 서로 신호를 하였다
  는 이야기가 있다. 여러 가지로 변형은 되었지만 지금까지 평안도 일대에서 불리고 있다.
1) 떡가루.

누리²⁾가 온다 누리가 온다
평양성 밖에 누리가 온다
그기 솟아 누리라 하랴
일만 군사 철알이지

---

2) 우박.

쇠도리깨 윙윙

쇠도리깨 윙윙 동헌 객사 부숴라
쇠도리깨 윙윙 마주 고을 부숴라
대산이 마산이 논밭전지 울 넘어
달아난 놈 쳐라 벙거지 쓴 놈 쳐라

바위 밑에 달래집, 달래집에 움막집
한 집 건너 두 집째 맹이 상인 소소리[1]
소소리가 모여서 일 칠 궁리 하였네

피가 났네 피가 났네 노루고개 피가 났네
노루고개만 피가 났나 봉봉돌이 피가 났네
피무재기 서린 곡성 자규 접동 네 와 우노

잘난 놈도 치고 영난 놈도 치고
영문 앞에 도리깨 언제 갔다 다시 왔나
경상 감사 아낙이 조리돌림을 당했네

▪ 1728년 경상도 일대에 정희량을 중심으로 일어난 민란을 노래한 민요이다.
1) 맹이는 맹인. 소소리는 나이 어리고 경망한 무리. 모두 신분이 천한 사람들을 이르는 말이다.

청주 치고 합천 치고 안음 거창 함양에
대구 감영을 치다가 쇠도리깨가 불거져
금호강에 떨어져 오도 가도 못하고
노래 한 장 지었네

논밭전지 다 잃고 이도 저도 경상도
전라 충청 삼도는 네거리에 맞물렸네
네거리를 가다가 떼무덤이 있거든
쇠도리깨 윙윙 돌아가나 들어라

다복골서 난이 났네

난이 났네 난이 났네
다복골서 난이 났네
진을 친다 진을 친다
달래 방천 진을 친다
안주산성 진을 친다

■ 1811년에 홍경래가 평안도 가산군 다복동에서 봉기군을 일으켰을 때 백성들이 부른 노래이다.
  '달래' 는 달래강, '방천' 은 평안도 박천.

왜가리 사냥 가세

거동 봐라 거동 봐라 임종현이 거동 봐라
서산 나귀 손질하여 순금 안장 지어 타고
해주 성내 둘러싸고 우지끈지끈 총소리 낼 때
해주 감사가 알발로 뛴다

(후렴) 어화둥둥 어화둥둥 에헤 아미타불
　　　만판 멋으로 달려간다 시화연풍 돌아온다

죽었다네 죽었다네 사찰관이 죽었다네
조선 개화 그만두고 일본 개화 시키려다가
모감 뒷거리에서 감장콩알 먹었다네 (후렴)

사냥 가세 사냥 가세
장련 오리포로 왜가리 사냥 가세
총 매고 탄알 차고 장련 오리포로 왜놈 사냥 가세 (후렴)

■ 갑오농민전쟁 때 불린 노래이다. 감장콩알은 총알을, 왜가리는 미국 선교사들을 비유한 것이다.
황해도 장연군 일대에서 많이 불렸다.

우리 병정 나간다

우리 병정 나간다
왜놈 치러 나간다
저벅저벅 나간다
월렁절렁 나간다

일출산 월출산에
해도 뜨고 달도 뜨고
만고상청 푸른 숲에
갈까마귀 우짖을 제

까막돌이 고개 밑에
울고 있는 적병들아
우리 병정 나간다
살바람같이 나간다

길군악

오늘도 하 심심하니
길군악이나 하여 보세

(후렴) 노오나 너니나로 노오오나니로나니로
　　　 나이니로나니로이 너어나니 나로
　　　 노오오 너니너로 나로나 너에 나노나
　　　 노나니 나로 노나니나로나

가소 가소 자네 가소
자네 가면 내 못 살까
정방산성[1] 북문 밖에
해 돌아 지고 달 돌아 온다
눈비 찬비 이슬 맞고
홀로 섰는 노송 남기

- '길군악'은 옛날 군대 행진곡이다. 임금이 행차할 때 군대들이 취타 곧 취주악을 한 다음 길군악
  을 하였는데 '절화折花'라고도 했다. 조선 후기에 널리 불린 십이 가사 가운데 하나로, '노요곡路
  謠曲'이라고도 하며 중간에 입타령이 많이 끼어 있다.
  　'질꾸낙', '질꼬내기'라고도 하며, 모내기나 논매기를 마치고 돌아오면서 부르거나 상두꾼들이
  장례를 마치고 돌아오면서 부르는 노래가 되었다.
  1) 황해도 사리원 부근에 있는 산성.

짝을 잃고서 홀로 섰네
내 신세가 이러하다니
그래도 살아야지
아무럼 내 말을 들어 보아라 (후렴)

조고마한 상좌중이
부도채[2]를 두루쳐 메고
만첩청산을 썩 들어가서
크다란 고양 남글
이리로 찍고 저리로 찍어
제 홀로 찍어 내니
내 신세 이리하다 사나 못 사나 (후렴)

길군악

시호시호부재래時乎時乎不再來[1]라 물살같이 빠른 세월
아차 한번 허송하면 다시 젊든 못하리라

인생이 살면 백년 살며 백년이면 족할쏘냐

2) 도끼 자루.

1) 흘러간 세월은 다시 오지 않는다.

제 근심만 하지 말고 나라 근심 먼저 하게

명사십리 해당화는 꽃 진다고 설워하고
우리 같은 청춘들은 해 진다고 설워하네

장부의 굳은 절개 칼날이면 꺾일쏘냐
도수검산刀樹劍山 험한 길도 짓밟고 넘어가세

니나노 너니나로 노오오 너니너로
나로나 너에나로나 길군악에 발맞추세

길군악

우당탕 우당탕 길군악 소리
먼 산이 술렁 넘겨다본다
어허 허리구절사 정 좋다
가 갔으면 갔지
제 제가 설마나 갈쏘냐

비야 비야 뿌리질 말아라
육날로 짠 신이 다 해어진다
어허 허리구절사 말 말아라

그 그러면 그렇지
제 제가 설마나 울쏘냐

바람이 불어서 비 올 줄 알면
어데나 군정이 길군악 칠까
어허 허리구절사 날 봐라
그 그동안 못 봐서
제 제가 설마나 갈쏘냐

엄동의 설한에 눈사태 나도
너무재 고갯길 맨발로 가자
어허 허리구절사 말 말아라
가 가무재 고개를
제 제가 혼자야 넘느냐

길군악

꽃은 피어서 화산이 되고 얼씨고요
잎 잎은 피어서 처 청산이 되었네 에

(후렴) 에헤에에야
　　　가 갔으면 갔지 지가 설마나 갈쏘냐

키도 크고요 미더운 남정 얼씨고요

아 앉아 보잔다 서 서서나 보잔다 에 (후렴)

한도 빼어서 거목을 치니 얼씨고요

사 산이 울고요 가 가마귀 나른다 에 (후렴)

앞산이 무너져 숫돌이 되니 얼씨고요

네 네 칼도 갈고요 내 내 칼도 갈잔다 에 (후렴)

오뉴월 왕가물 실비가 내려 얼씨고요

마 마을의 만백성 고 고대를 하누나 에 (후렴)

길군악

추야 공산 저문 날에

국화 단풍이 다 늦는다

(후렴) 지야지야 지야지야

　　　얼싸 좋다 좋은 경개

구경 가세 구경 가세

강릉 경포대로 달구경 가세 (후렴)

노다 가세 노다 가세
저 달이 지도록 노다 가세 (후렴)

달은 밝고 명랑한데
님의 생각이 절로 난다 (후렴)

백일청천 뜬 기럭아
님의 소식을 전코나 가렴 (후렴)

길군악 소리를 잘만 하면
청산녹수가 춤을 춘다 (후렴)

만백성을 울리던 골에
우렁우렁 길군악 소리 (후렴)

가던 구름도 멈춰 서고
오던 바람도 되돌아선다 (후렴)

꽃이 피어 화산이냐
잎이 피어 청산이냐 (후렴)

금수강산 삼천리는
골골마다 승지勝地로다 (후렴)

자진길군악

갈모봉 허리에 비 묻어옵니다
농장기 들고서 논밭에 나가소
에헤 에헤야 하아 논밭에 나가소

오도산 꼭대기 실안개 돌면은
용문산 허리에 강물이 돌지요
에헤 에헤야 하아 강물이 돌지요

가야산 막바지 중놈의 계집은
염불도 않고서 놀고만 먹는다
에헤 에헤야 하아 놀고만 먹는다

북소리 울리고 징소리 나더니
어데야 농군이 비 마중 가느냐
에헤 에헤야 하아 비 마중 가느냐

사나이 대장부 죽으면 죽었지
요 괄시 받고는 정 못 살겠구나
에헤 에헤야 하아 정 못 살겠구나

앞산을 밀어다 뒷강을 막고요
흰여울 삼십 리 낚시질하잔다
에헤 에헤야 하아 낚시질하잔다

바위가 굴러서 밤자갈 되어도
네놈의 원수는 갚고야 말게다
에헤 에헤야 하아 갚고야 말게다

군바바 군바바

너 너도 병정 나 나도 병정
어화 튼튼히 총가목을 잡고서
섬나라 왜놈을 쳐부수러 나가자
엥허리구 군바바 쨍허리구 군바바
승전 승전 또 승전
맞서는 놈에겐 불벼락이다
군바바 군바바 군바 군바 군바

너 너도 쏘고 나 나도 쏘자
어화 우리네 금수나 강산을
쪽발 왜놈이 밟는단 말이냐
엥허리구 군바바 쨍허리구 군바바
우렁우렁 또 우렁
산악을 울리는 북소리 발맞춰
군바야 군바야 군바 군바 군바

▪ 조선 말에 군인들이 부르던 노래. 곡이 명랑하고 흥겨운 것이 특징이다. 지금도 평안도 일대에서
는 여러 가지 모습으로 전하고 있으며 '군바바 춤' 도 함께 전한다.

너 너도 가고 나 나도 가자
어화 우리네 조선의 군사야
일편단심에 한길로 나가자
엥허리구 군바바 쨍허리구 군바바
승전 승전 또 승전
푸른 날창이 부르르 떤다
군바바 군바바 군바 군바 군바

너 너도 잡고 나 나도 잡자
어화 우리 땅 탐내어 기어든
쪽발이 목덜미 틀어나 잡잔다
엥허리구 군바바 쨍허리구 군바바
넘실넘실 또 넘실
바다 밑창에 처넣자
군바야 군바야 군바 군바 군바

꾼뗴야 꾼뗴야

꾼뗴야 꾼뗴야
하늘천 따지 자에
바람 불고 비가 쳐서
앞산과 뒷산이 어우러졌다
어허로 꾼뗴야
꾼뗴 꾼뗴 꾼뗴야

꾼뗴야 동무들아
꾼뗴 사냥 가자세라
더그레[1] 전립 쓰고
일자 전진 어서를 가자
어허로 꾼뗴야
꾼뗴 꾼뗴 꾼뗴야

꾼뗴야 꾼뗴야
일락서산 해가 진들

■ '군바바' 처럼 군인들이 부른 노래이다. 황해도 지방에서 오래도록 불러 왔다.
1) 조선 시대, 영문의 군사나 마상재꾼, 의금부 나장 들이 입던 웃옷.

만첩청산 들어가는
우리 길을 멈추겠느냐
어어허 꾼떼야
꾼떼 꾼떼 꾼떼야

꾼떼야 잘한다
너남없이 다 잘한다
올라가도 천리길
내려가도 천리길이라
꾼떼야 어서 가자
꾼떼 꾼떼 꾼떼야

양국놈의 거동 봐라

양국이 무슨 국國고
삼강오륜 몰라보고
예의 도덕 구별 없이
석자세치 제 뱃속만
염치없이 채워 내는
인간 천지 용납 못 할
양놈들의 나랄레라

양국놈의 거동 봐라
고래같이 큰 배에다
굴뚝 같은 포를 싣고
산악 같은 물결 헤쳐
해안가에 닿았다가
허장성세 갖은 욕설
귀가 솔아[1] 못 들겠네

■ 신미년(1871) 미국 함대가 강화도에 침입했을 때 백성들이 부른 노래이다.
1) 시끄러운 소리나 귀찮은 소리를 하도 들어서 귀가 아픈 것.

양국 문명 말도 마라
오랑캐와 소촘터라[2)]
남의 나라 기어들어
좌지우지 판치자고
이리 궁리 저리 생각
큰 꾀 잔꾀 다 부리니
그것 좋다 따르다가는
내 곯는 줄 어이 알리

2) 비슷하더라.

서울 나리님들

동서남북 사방에
승냥이 무리 덤벼들어
백성을 못살게 구나
서울이라 찾아가니
서울 나리님들 늙었구나
이 빠진 데 골패짝 얹고
머리 흰 데 먹칠하고
고대광실 높은 집에
남녀 노비 거느리고
아무 걱정 호팔자에
호의호식하는구나

송아지 괴변에 바가지 싸움

송아지 괴변이 흐응
없어를 지더니 흐응

바가지 싸움이 흐응
또 생겼구나 흐응

아이구지구 흐응
도깨비판일세 흐응

■ 조선 말기 매국노들을 비난한 노래로 '송아지'는 송병준, '바가지'는 박제순을 가리킨다. 이 노래
는 '흥타령'이라는 이름으로 불렸다.

갑진갑진 다 팔아먹고

갑진년[1]에 갑진갑진 다 팔아먹고
을사년에 을사절사[2] 정도 좋다
이무기[3] 부수며 놀아나 보세

---

1) 1904년. '한일 의정서'가 체결되어 일제의 간섭을 심하게 받게 되었다.
2) 을사년은 갑진년의 다음 해인 1905년. '을사조약'을 체결하고 매국노들이 매우 기뻐한다는 뜻.
3) 을사조약 체결에 앞장선 다섯 매국노.

금닭 한번 울고 나면

언덕같이 험한 세상 왜놈들의 복새통에
만백성은 눈물이요 산천초목 설움이라
먹장같이 싸인 어둠, 채로 치듯[1] 가셔 내는
금닭이나 울어 주소 계명산천 밝혀 주소

어화 세상 벗님네야 금닭 찾아 떠나 보세
벼슬은 보옥이요 꼬리 날개 구슬이라
이 닭 한번 울고 나면 만백성이 춤을 추네

금닭이 무어길래 만백성이 춤을 줄까
우리 청춘소년들이 동산 위에 높이 올라
조선 독립 만만세를 목청 놓아 불러야만
삼천리가 밝아 오네

---

[1] 채찍으로 치듯.

행보가行步歌

무쇠 골격 돌근육 청년 남자야
애국의 정신을 분발하여라

다다랐네 다다랐네 우리 나라에
청년의 활동 시대 다다랐네

만인대적 연습하여 후일 전공 세우세
절세 영웅 대사업이 우리 목적이 아닌가

번쩍번쩍 번개같이 번쩍
쾌하다 장검을 비껴들었네

▪ 조선 말에 우리 의병들이 부른 행진곡이다.

의병가

오연발 탄환에는 군물이 돌고
화승대 총신에는 내굴[1]이 돈다

(후렴) 에헤야 에헤야

　　　에헤 에헤 에헤 에헤야

　　　왜적의 군대가 막 쓰러진다

개택기 위성대 중대장님은
산 고개 싸움에서 승리를 했네 (후렴)

홍 대장님 행군 길에는 일월이 돌고
왜적 가는 길에는 눈개비 돈다 (후렴)

■ 홍범도 의병 부대를 노래한 것이다.
1) 물건이 탈 때 일어나는 매운 기운.

안중근 노래

융희 삼년 시월달 이십육일에
할빈역에 우뚝 솟은 용사 안중근
한번 번쩍 우량 반기 우량 총소리
넓고 넓은 만주 천지 울려왔도다

나라 위해 공을 이룬 안중근이는
왜놈들의 못된 손에 잡혀갔도다
그 소식을 들으신 그의 어머니 하는 말씀
우리 나라 민족이면 당연사로다

죽으면서 영웅 중근 유언하기를
할빈역에서 이내 몸은 죽어를 가오
우리 나라 또한 다시 독립되거든
이내 영혼 금수강산 데려다 주소

십진가十進歌

일진회원 너희들아
이천만 중 일분자로
삼절론에 미혹되어
사대강령 주창타가
오조약이 체결되니
육대주의 괴물이라
칠적[1]들의 노예 되니
팔억민의 원수로다
구추 상강九秋霜降 찬바람에
시월 단풍 가련하다
백년 부귀 구하다가
천세 누언陋言 되었구나
만세 호창呼唱 하지 마라
억조창생 비웃는다

■ 조선 말기 친일 단체인 일진회의 죄행을 폭로한 노래이다.

1) 1907년 헤이그 밀사 사건을 빌미로 고종을 폐위시킨 일곱 대신. 곧, 이완용, 임선준, 고영희, 이병
  무, 조중응, 이재곤, 송병준.

동도 타령

일 하니 일없는 일진회
이 하니 이놈이 몹쓸 놈
셋 하니 세상에 왜 났느뇨
사 하니 사살만 남은
오 하니 오색잡놈
육 하니 육조에 넘나드니
칠 하니 칠국의 거러지
팔 하니 팔자가 망극하여
구 하니 구구히 살쟀더니
십 하니 신 벗어 팔에 걸고
천 리 강산 달아날 때
다 죽는 건 일진회다

숫자 풀이

일지 일지 조선 일지

이지 이지 병정이지

삼지 삼지 쌈을 삼지

사지 사지 못다 사지

오지 오지 일병 오지

육지 육지 일본 육지

칠지 칠지 조선 칠지

팔지 팔지 팔도 팔지

구지求之[1] 구지 누가 구지

십지 십지 죽기 쉽지

---

1) 구한다는 뜻.

대장부가 할 일이로다

천하사를 경영할 제
지진두地盡頭[1]가 될지라도
퇴보 말고 임난臨難 인내하여
사필귀정하란 것도
대장부가 할 일이로다
에헤루 상사듸야

천리 준총 채를 쳐서
흉해[2]가 험썩 늘어서
만고 문장 된 연후에
도처마다 웅사 건필雄辭健筆[3]
경동일세驚動一世 하는 것도
대장부가 할 일이로다
에헤루 상사듸야

국내 청년 몰아다가
교육계에 집어넣어
각종 학문 교수하여
인재 양성 하는 것도
대장부가 할 일이로다
에헤루 상사듸야

신 산염불

무정 광음無情光陰이 나를 위해
지체할 리 만무로다
건곤乾坤은 불로월장재不老月長在이나
인생은 부득항소년不得恒少年이라
작일昨日 청춘이 금일 백발이니
후회막급을 생각 마오

근자勤者 성심 학문을 배워
문명의 지식을 확충해 보세
일보 이보 삼사보라도
말지 않으면 만 리 가네
정신 일정一定 이르는 곳에
금석金石이라도 가투可透로다
학문 지식이 부고명하면
만리전정萬里前程[1]이 무궁할새
우리가 청춘에 낭도[2]를 말아야

1) 젊은이의 희망이 가득 찬 앞길.
2) 허송.

백수白首 당년 쾌락일세
백수 쾌락은 제 한 몸이니
장래 청춘을 지도하오

우리 살면 천백 년 사나
살아생전을 허송을 마세
유지有志하여 공유적功有積이면
명전천추名傳千秋에 광명이라
무정 광음이 약류파若流波는
우리를 위하여 지체 않네

내나누나요 나니난실나요
내나지에루 염불이로다

신 이팔청춘가

이팔은 청춘에 소년 몸 되어서
문명의 학문을 닦아를 봅시다

세월이 가기는 흐르는 물 같고
사람이 늙기는 바람결 같구나
천금을 주어도 세월은 못 사네
못 사는 세월을 허송을 할거나

놀지를 말아라 놀지를 말아요
젊어서 청춘에 놀지를 말아라
우리가 젊어서 놀지를 말아야
늙어서 행복이 자연히 이르네

청춘에 할 일이 무엇이 없어서
주사酒舍와 청루靑樓로 종사를 하느냐

바람이 맑아서 정신이 쾌커든
좋은 글 보면은 지식이 늘고요
월색이 명랑해 회포가 일거든

옛일을 공부코 새 일을 배우소

긍긍兢兢코 자자孜孜이[1] 공부를 하면은
덕윤신德潤身하고요 부윤옥富潤屋하리라[2]
우리가 살면은 몇백 년 사나요
살아서 생전에 사업을 이루세

정신을 깨치고 마음을 경계해
이팔의 청춘을 허송치 말아라

---

1) 부지런히.
2) 덕 있는 사람은 인격이 저절로 드러나고요, 재물이 넉넉하면 집안이 윤택하리라.

공부 못 한 여자라고

슬프도다 이내 몸은 여러 해 동안
독수공방 낭군 생각 간절했건만
오늘날 비로소 낭군 만나니
뜻밖에 이혼이라 떨쳐 버리네

여보시오 낭군님 내 말 들어 보오
무슨 일로 나의 몸을 떨쳐 버려요
당신이 유학한 후 혼자 있어서
부모님을 효성으로 모셔 왔지요

부모님께 불효함이 없지요마는
당신이 자초自初에 허물 있어요
여보시오 나의 자체 허물인 것은
공부 못 한 이것이 허물이로다

공부한 여자만 여자가 되고
공부 못 한 여자는 여자 아닌가
슬프도다 이내 몸은 무슨 일로서
공부 못 해 이것이 허물 되느냐

뚝뚝뚝 떨어지는 나의 눈물은
애줄없이[1] 옷자락만 적실 뿐이라
청산의 무덤이 되고 말을까
바닷가의 고기밥이 되고 말을까

한 폭 치마 쌓인 눈물 큰 강물 되고
생각사록 더욱 더욱 눈물이 난다
동창에 비친 달이 더욱 섧구나
후원 동산 심은 꽃이 슬퍼하노라

---

1) 어찌할 수 없이.

부녀 해방가

부모 사랑 많이 받고 자란 이 몸은
어린아이 수양 때가 채 못 되어서
많지 못한 예장돈에 팔려도 가고
당치 못한 데릴사위 대면케 한다

데릴사위 들자 하는 봉건 남자와
예장 사고 매혼하는 인물 도덕도
인도 정의 화려한 밝은 시대에
인류 사회 매혼법이 어데 있어요

이와 같이 매혼 문제 있기 때문에
정이 없고 사랑 없는 부부가 되어
인류 사회 어지러운 이혼 문제가
나날이 쉴 새 없이 생기게 된다

자식 팔아 살자 하는 부모 된 이는
자식 사랑 남녀 간에 일반이건만
여자들은 쓸데없는 기생물처럼
우마같이 돈을 받고 팔아먹는다

자유 잃고 구속받던 여성 동무들
눈물짓고 한숨으로 세월 보낸다
완고하신 남편에게 예속이 되어
고통으로 보내는 자 그 얼마이냐

사랑하는 부모님도 믿을 수 없고
전제 구속 철망 속을 벗어나려면
어서 속히 글을 배워 내 눈을 떠서
나의 앞의 해방 길을 찾아 나아가자

문맹 타파가

귀 있고도 못 들으면 귀머거리요
입 가지고 말 못 하면 벙어리지
눈 뜨고도 못 보는 글의 소경은
소경에도 귀머거리 또 벙어리라

듣는 대신 보란 글을 보도 못하니
귀머거리 이 아니고 그 무엇이며
말하듯이 써낼 글을 쓰도 못하니
벙어리가 이 아니고 그 무엇이뇨

남과 같은 눈과 귀, 입 다 가지고서
한평생 이 설움을 어찌 받으랴
알기 쉬운 우리 글은 맘만 있으면
아무러한 둔재라도 다 깨치리라

낫 놓고도 ㄱ 자를 누가 모르리
방의 등 ㄴ은 절로 알리라
자 들고 세로 재면 ㅣ 자가 되고
홍두깨 가로 놓면 ㅡ 자 되네

길맛가지[1] ㅅ에 코뚜레 ㅇ
지게 다리 ㅏ 자를 뒤집으면 ㅓ 자
고무래 쥐고 보니 ㅜ 자가 되고
거꾸로 놓고 보니 다시 ㅗ 잘세

세 발 가진 쇠스랑을 ㅌ 자라면
자루 빠진 연감개[2]는 ㅍ 되리라
ㅋ은 두 발 가진 모지랑 갈퀴
허리 동인 족집게는 ㅂ이로군

팔다리 벌리고 선 ㅊ 보아라
뱀처럼 몸을 서린 ㄹ도 있네
책상판 벌려 놓니 ㅈ 자로세
동이 위에 솥뚜께는 ㅎ 아닌가

꺾쇠는 ㄷ인데 모말[3]은 ㅁ
문고린가 가락진가 ㅇ 자로세
눈에 띄는 물건마다 글자로 뵈니
아무리 잊으려도 잊히지 않네

---

1) 길마는 짐을 싣거나 수레를 끌기 위해 소 등에 얹는 안장. 길맛가지는 길마의 몸이 되는 말굽 모양
   의 나뭇가지.
2) 얼레. 연줄을 감는 기구.
3) 곡식이나 가루 따위의 양을 헤아릴 때 쓰는 그릇.

낫처럼 생긴 ㄱ 지게 다리 ㅏ
가로 맞춰 놓으면 가 자도 되고
모말 같은 ㅁ을 그 밑에 대면
새빨간 먹기 좋은 감 자가 된다

꺾쇠 같은 ㄷ과 광명두[4] ㅗ를
아래로 이어 놓니 도 자 아닌가
방의 등 ㄴ을 또 이어 봐라
죽을 놈도 살려내는 돈이란 자다

이와 같이 이리저리 둘러맞추면
입으로 하는 말은 못 쓸 것 없네
하루 한 자 이틀 두 자 새새틈틈이
이러구러 이천만의 대중 다 알리

---

4) 나무로 만든 등잔걸이.

문맹 퇴치가

동방에 붉은 햇빛 명랑한 곳에
갱생의 큰 종소리 요란하지만
눈멀고 귀먹으면 어찌 알리요
눈 뜨고 귀 밝히자 우리 동무야

낮에는 전가田家 근력 농사 힘쓰고
밤에는 일심전력 공부하여서
농촌을 일취월장 갱생시키고
아름다운 우리 조선 건설해 보세

동리에 해는 지고 황혼이 올 때
요란히 들려오는 야학 종소리
귀하다 은혜로운 계몽 운동은
방방곡곡 온 천하에 불붙듯 하네

문맹은 이 세상에 낙후자이요
학문은 문명이니 자랑이로다
깊이 든 잠 어서 깨어 힘써 배워서
명랑한 문화 조선 건설해 보세

금주가

금수강산 동포들아 술을 입에 대지 마오
조선 사회 보존키는 금주함에 있나니라

(후렴) 아 마시지 마오 그 술
        아 보지도 마오 그 술
        조선 사회 보존키는 금주함에 있나니라

패가 망할 그 술은 빚도 내서 먹으면서
자녀 교육 시키는 데는 일전 한 푼 안 쓰려네 (후렴)

구자 못 된
팔자로다

팔자 팔자 무슨 팔자 구자 못 된 팔자로다
너 날 적에 나도 나고 나 날 적에 너 났건만
관청이방네 맹하고 문배장신내 맹하나
팔자 팔자 무슨 팔자 구자 못 된 팔자로다

팔자에 매긴 고생

팔자에 매긴 고생
내 안 하고 누가 할꼬
고생이야 하지마는
일락황혼日落黃昏 오지 마라

집이라고 들어가서

집이라고 들어가서
방이라고 들어서서
문이라고 잠가 놓고
옷이라고 갈아입고
명주 수건 목에 걸고
죽자 하니 청춘일세
살자 하니 고생일세
이내 팔자 기박하여
쉬자 하니 한숨이요
쏟자 하니 눈물일세

사랑뿌리 삶은 물에

사랑뿌리[1] 삶은 물에
꼬들배기 심을 여서[2]
시오만님 죽 잡수소
이 죽이 이리 씹노
말도 말고 잡수시소
팔자소관 아니겠소

---

1) 사랭이 뿌리. 사랭이는 봄에 나는 쓴 나물.
2) 꼬들배기는 고들빼기. '여서'는 넣어서.

네 팔자가 어만하면

네 팔자가 어만하면
세 살 묵어 어매 죽고
다섯 살에 하는 길쌈
쉰다섯이 되었건만
몽당치매 못 면했노

팔자가 기박하여

팔자가 기박하여
칠자[1]를 짊어지고
무주 구천동을 들어가니
칠팔이 오십륙
쉰여섯 길 참나무 위에
구렁이가 혀를 네밀네밀

---

1) 팔자를 속되게 이르는 말.

울 어머니 베나 낳더면

울 어머니 날 날라 말고
베나 낳더면[1] 가용家用을 쓸걸
울 아버지 날 날라 말고
맷방석이나 맨들 것인데
뭣 할라고 나를 낳서
요 고생을 시기 싱거나[2]

---

1) 베낳이는 베 짜는 일.
2) '세게 시키나' 또는 '시키실거나'.

울 오라버니 남자라고

울 오라버니 남자라고
하늘 같은 부모님 차지
집도 차지 밭도 차지
글공부도 독차지지
요내 나는 여자라고
먹고 가는 밥뿐이요
입고 가는 옷뿐이요
시켜 주소 시켜 주소
집도 밭도 그만두고
글공부나 시켜 주소

세월은 가면 아니 오는데

하루 이틀 세월은
가면 아니 오는데
이내 청춘 홍안은
어사와 백발이 되었네

정든 님을 잡고서
죽어라 살려라
몸부림을 친다고
어사와 소용이 있느냐

아이고 답답 내 신세야

아이고 답답 내 신세야
소경의 잠 자나 깨나
바다 위에 비 오나 마나
열두 시간 스물네 시
근심 걱정 하나 마나
간 데마다 정들여도
보따리 신세가 내 신셀세

산도 설고 물도 선데
사람 낯은 아니 설까
어제 보던 초면 친구
오늘 보니 구면인데
구면이라 정들이니
초면 때만 더 못하네

아이고 답답 내 신세야
일락서산 해 다 진다
해가 지고 밤이 오면
긴 한숨을 누가 쉬노

사발 같은 내 팔자야

강남땅 강 두꺼비
부능 땅 월례한테
장가간다 하옵시고
쪽닥 이마 빕시 들고
쫑지 콜랑 홀 제끼고
제비 눈을 빕시 들고
곰배팔랑 뽕스리고
짱체 다리 후리치고
가가호호 댕기면서
자랑한다 하였도다

월례가 하는 말이
깨어진 툭사리¹⁾는
태를 매어 쓰건마는
사발 같은 내 팔자야
아이고아이고 어이할꼬

아야지야 꼭꼬지야

아야지야 꼭꼬지야
대추나무 열매지야

어떤 사람 팔자 좋아
고대광실 높은 집에
사무염차 풍경 달고
풍경 소리 딩겅딩겅
만종록萬鍾祿을 누리는데
이놈 팔자 어찌 되어
한평생 짐을 지나

아야지야 꼭꼬지야
대추나무 양반지야

새뼈 같은 몸에다가
산악 같은 짐을 지고
고복 태산 올라가니
이놈 팔자 무삼 죄요
풍경 소리 원수로다

풍년이라 지은 곡식

풍년이라 지은 곡식
입쌀 한 말 넉 냥하고
좁쌀 한 말 오 각이니
세금 물고 변돈 주고
키만 들고 나앉으니
추운 겨울 어찌하며
긴긴 여름 어찌 살꼬

못 가겠네 못 가겠네

못 가겠네 못 가겠네
새등 같은 등에다가
큰 산같이 짐을 지고
활등같이 굽은 길을
살대같이 못 가겠네

못 가겠네 못 가겠네
어린 동생 앞세우고
다리 떨려 못 가겠네
가시덤불 엉킨 길을
화살같이 못 가겠네

식은 밥이 밥일런가

명태 고기 고길런가
다심어미[1] 어밀런가
초생달이 달일런가
할미꽃이 꽃일런가
도랑물이 물일런가
가을 더위 더윌런가
식은 밥이 밥일런가

---

1) 계모.

구자 못 된 팔자로다

팔자 팔자 무슨 팔자
구자 못 된 팔자로다
너 날 적에 나도 나고
나 날 적에 너 났건만
관청 이방 네 맹하고[1]
문배장신[2] 내 맹하나

---

1) 너 혼자만 매양하고.
2) 몸을 구부려 절을 한다.

자탄가

애고 답답 설움이야

이 노릇을 어찌할꼬 어떤 사람 팔자 좋아

대광보국숭록대부 삼공육경 되어 있어

고대광실 좋은 집에 부귀공명 누리면서

금의옥식 쌓여 있고

나 같은 팔자 어이 이리 곤궁하여

말만 한 오막살이에 일신을 난용亂用하니

지붕마루에 별이 뵈고

청천한운青天寒雲 세우시細雨時에

우대량雨大量이 방중房中이라[1)]

문밖에 세우 오면 방 안은 굵은 비 오고

앞문은 살이 없고 뒷문은 외만 남아

동지섣달 설한풍이 살 쏘듯이 들어오고

어린 자식 젖 달라고 자란 자식 밥 달라니

차마 설워 못 살겠다

■ '흥부가'에서 흥부 처가 살림이 너무 구차해서 신세타령을 하는 노래이다.
1) 하늘에 가랑비 내릴 때에 방 안에는 큰비가 쏟아진다.

자탄가

애고애고 설운지고

복이라 하는 것을 어찌하면 잘 타난고

북두칠성님이 마련을 하시는가

제왕삼신님이 점지를 하시는가

상년 생월 생일 생시 팔자에 매였는가

승금상수乘金相水 혈토인목穴土印木[1] 뫼 쓰기에 매였는고

이목구비 오악五嶽[2]으로 생기기에 매였는가

적선행인積善行人 은악양선隱惡仰善 마음씨에 매였는가

어찌하면 잘사는지

세상에 난 연후에 불의행사不義行事 아니 하고 밤낮으로 버을어도

삼순구식三旬九食[3] 할 수 없고 일 년 사철 헌옷이라

내 몸은 고사하고 가장은 부황 나고 자식들은 아사지경餓死之境

사람 차마 못 보겠네

차라리 자결하여 이런 꼴 안 보고저

애고애고 설운지고

---

1) 풍수지리에서 말하는 좋은 명당 자리.
2) 사람 얼굴에서 이마, 코, 턱, 좌우 광대뼈.
3) 삼십 일 동안 아홉 끼니밖에 먹지 못한다는 뜻으로 몹시 가난함을 이르는 말이다.

백발가

등장[1] 가자 등장 가자

하늘님 전에 등장 갈 양이면 무슨 말을 하실는지

늙은이는 죽지 말고 젊은 사람 늙지 말고

하느님 전에 등장 가세

원수로다 원수로다 백발이 원수로다

오는 백발 막으려고

우수右手에 도치 들고 좌수左手에 가시 들고

오는 백발 뚜다리며 가는 홍안 걸어 당겨

청사로 결박하여 단단히 졸라매되

가는 홍안 절로 가고 백발은 시시로 돌아와

귀밑에 살 잡히고 검은 머리 백발 되니

조여청사모성설朝如靑絲暮成雪[2]이라 무정한 게 세월이라

소년 행락 깊은들 왕왕이 달라가니 이 아니 광음인가

천금준마 잡아타고 장안 대도 달리고저

만고강산 좋은 경개 다시 한 번 보고지고

절대가인 곁에 두고 백만교태 놀고지고

---

1) 여러 사람이 이름을 잇대어 써서 관청에 올려 하소연함.
2) 아침에 검던 머리가 저녁에는 백발이 되었다.

화조월석花朝月夕 사시가경四時佳景 눈 어둡고 귀가 먹어
볼 수 없고 들을 수 없어 하릴없는 일이로세
슬프다 우리 벗님 어데 다 가 계신고
구추 단풍 잎 진 듯이 선아선아 떨어지고
새벽 하늘 별 진 듯이 삼오삼오 스러지니
가는지라 어드멘고 어여로 가래질이야
아마도 우리 인생 일장춘몽인가 하노라

앞산 타령

나에월 네로구나 아아
나에헤 에에노호 니히나하
에헤에에 에헤 나아노호
나에헤 에헤 에헤루 산아지로구나
백마는 가자고 네굽을 에헤 탕탕 치는데
님은 옥수玉手 부여잡고 낙루落淚 탄식만 한다

울지를 말어라 울지를 말어라
네가 진정코 울지를 말어라
너무나 울기만 하여도 정만 없어진다

추야공산 날 저문 날에 모란 황국이 다 붉었다
장성일면長城一面은 용용수溶溶水요
대야동두점점산大野東頭點點山인데
능라도 백운탄으로 놀러만 가자야

저 달아 보느냐 님 계신 곳으로
명기明氣를 빌려라 나도 잠깐이나 보자

경상도라 태백산에는 상주라 낙동강이 둘려 있고
전라도라 지리산에는 하동이라 뒤치강이 에헤 둘려 있다

팔도를 돌아 여산객旅山客이요
여덟도 명산이 금강산이로다

압강 앞에 이이 늙은 노장승이
팔폭 장삼을 떨쳐입고서
구부락 구부락 굽실거리며 불춤만 춘다

도라지 타령

도라지 도라지 도라지 심심산천에 백도라지
한두 뿌리만 캐어도 바구니로 반씩만 되누나
에헤야 에헤야 에헤야 어여라난다 디여라
네가 내 가슴을 스리살살 다 녹인다

새벽동자[1]를 하라면 바가지 싸움만 붙이고
물을 길러 가라면 엉덩이 춤만 추누나
에헤야 에헤야 에헤야 어여라난다 디여라
네가 내 가슴을 요리살살 다 썩인다

도라지 캐러 간다고 요 핑계 조 핑계 하더니
총각 낭군의 무덤에 사모제思慕祭 방실 지내네
에헤야 에헤야 에헤야 어여라난다 디여라
네가 내 가슴을 스리살살 다 썩인다

---

1) 날이 샐 무렵에 밥을 짓는 일.

도라지 타령

도라지 도라지 도라지 은률 금산포 백도라지
한 뿌리만 캐어도 광주리 철철 넘는다
에헤 에헤 에헤야 에야란다 디야라
네가 내 간장 녹인다

도라지 캘 테면 캐구요 개록일 캘 테면 캐지요
남의 집 귀동자 근본을 네가 왜 요다지 캐느냐
에헤 에헤 에헤야 에야란다 디야라
내 간장 살살 녹인다

흥타령

천안 삼거리 흥 능수버들은 흥
제멋에 겨워서 휘늘어졌구나 흥

(후렴) 에루화 좋다 아이고 대고 흥
　　　성화가 났구나 흥

은하 작교가 흥 딱 무너졌으니 흥
건너갈 길이 망연하구나 흥 (후렴)

우리 님 동창에 흥 저 달이 비치면 흥
상사불견相思不見에 잠 못 자리라 흥 (후렴)

저 달아 보느냐 흥 보는 대로 일러라 흥
사생결단을 님 따라 할란다 흥 (후렴)

옥구 옥화가 흥 정든 님 보내고 흥
수심 장탄에 잠 못 자리라 흥 (후렴)

세우 동풍이 흥 바람인 줄 알았더니 흥

정든 님 수심에 한숨이로구나 흥 (후렴)

높은 산봉에 흥 홀로 선 소나무 흥
나와 같이도 외로이 섰구나 흥 (후렴)

석양 산로로 흥 알뜰한 님 보내고 흥
오장이 끊어져 나 못 살겠구나 흥 (후렴)

양산 통도사 흥 중이나 되어서 흥
님을 위하여 불공을 할거나 흥 (후렴)

너희 집 가풍이 흥 얼마나 좋으면 흥
머리를 깎고서 송낙을 썼느냐 흥 (후렴)

추월 추풍을 흥 등한히 보내면 흥
백년 사업이 물거품이로다 흥 (후렴)

수양버들은 흥 봄바람 분다고 흥
동서로 남실 어깨춤 춘다 흥 (후렴)

범벅 타령

둥글둥글 범벅이야
누구 잡술 범벅이냐
이 도령 잡술 범벅이냐
김 도령 잡술 범벅이냐

이 도령 잡술 범벅은 찹쌀범벅
김 도령 잡술 범벅은 멥쌀범벅

열두 달 범벅 캘 적에
정월에 흰떡범벅
이월에 시루범벅
삼월에 전범벅
사월에 꽃범벅
오월에 쑥떡범벅
유월에 밀범벅
칠월에 보리범벅
팔월에 꿀범벅
구월에 수수범벅
시월에 기질범벅

십일월에 동지범벅
십이월에 달떡범벅
열두 달 범벅 캐누나

울산 타령

동해나 울산에 밤나무 그늘
경개도 좋지만 인심도 좋구요
큰애기 마음은 열두폭 치마
실백잣 얹어서 전복쌈일세

(후렴) 에헤 에에헤라
　　　울산은 좋기도 하구나

울산의 큰애기 거동 좀 보소
삽살개 재워 놓고 문밖에 서서
님 오실 문전에 쌍초롱 달구요
이제나저제나 기다린다네　(후렴)

두리둥 타령

호박은 늙을수록 맛이나 있고요
사람은 늙을수록 새 정이 생겨요

(후렴) 너냐 나냐 두리둥실 놀고요
　　　낮에 낮에나 밤에 밤에나 참사랑이로구나

바람아 광풍아 네가 불지를 말아라
우리야 정든 님 뱃길을 떠난다 (후렴)

아침에 우는 새는 배가 고파 울고요
오밤에 우는 새는 님이 그리워 운다 (후렴)

무정세월아 가지를 말아라
뜻있는 청춘이 다 늙어간다 (후렴)

갈 적에 보고서 올 적에 보니
보기만 하여도 새 정이 솟는다 (후렴)

창부 타령

얼씨구나 좋다 좋을씨구 어찌나 좋은지 모르겠네
높은 산에 눈 날리듯 얕은 산에 재 날리듯
억수장마 비 퍼붓듯 대천 바다 물 밀리듯
재수 사망을 삼겨 주마[1] 얼씨구 좋다 좋을씨구

느리느리 느리리야 느리 띄띄여라 느리리야
함박꽃이 곱다 한들 자식보다 더 고우며
국화꽃이 곱다 한들 님보다 더 고울쏘냐
얼씨구나 좋다 좋을씨구
무정세월 가지 마라 아까운 청춘이 다 늙는다

얼씨구 좋다 좋을씨구
중 하나 내려온다 어떤 중생이 내려오나
검고도 푸른 중생 송낙을 써서 중일러냐
장삼을 입어 중일러냐 아닌 밤중에 중이더냐

■ 창부란 남자 광대를 가리키는 말이다. 창부 타령은 곡조가 흥겹고 명랑하여 일반 사람들도 많이
  불렸으며 무당들이 굿거리를 할 때도 가사를 바꿔 많이 불렸다.
1) 재수있게 해 주고 장사로 이익을 보게 해 주마.

얼씨구나 좋다 저리씨구
지화자자 저리씨구 아니나 놀지는 못하리라
처량할손 저 국화야 양춘가절 마다하고
낙목한천落木寒天 찬바람에 너만 홀로 피었으니
화중은일[2] 이 아니냐

얼씨구나 절씨구 지화자자 절씨구
이제 가면 언제 오나 오마는 날이나 일러 주게
얼씨구절씨구 거들어 거려서 놀아 보자
오마 오마 오마더니 주야장천 언제 오나

늬리늬리 늬리리야 늬리 띄띄여라 늬리리야
말자 말자 말자더니 님의 생각이 다시 나네
얼씨구나 절씨구 거들어 거려서 놀아 보자
귀뚜리 저 귀뚜리 어여쁘다 저 귀뚜리
지난밤 새도록 전전 슬픈 울음
네 비록 미물이나 님 재촉하기는 너뿐인가

얼씨구절씨구 지화자자 절씨구 거들어 거려서 놀아 보자
영창 밖에 국화 심어 국화 밑에 술 빚어 넣니
국화 피자 술이 익자 달이 돋자 님 오셨네

---

2) 꽃 중에도 높은 뜻을 지키는 꽃.

얼씨구나 절씨구 아주 어지리리 이 아니냐
가오 가오 나는 가오 훨훨 버리고 나는 가오
얼씨구나 절씨구나 지화자자 절씨구
아니나 놀지는 못하리라

창부 타령

아니 아니나 놀지는 못하리로다
얼씨구 좋다 좋을씨구 어찌나 좋은지 모르겠네

남 난 달에 나도 나고 남 난 날에 나도 나고
남들과 꼭같이 태어났건만 이내 팔자는 기박하여
추야장秋夜長 기나긴 밤에 애간장 태우기 밤이 새네
얼씨구 좋다 좋을씨구 아니 아니 놀지는 못하리라

함박꽃이 곱다 한들 자식보다 더 고우며
국화꽃이 곱다 한들 나보다도 고울쏘냐
무정세월 가지 마라 아까운 청춘 다 늙어간다
얼씨구 좋다 좋을씨구 아니 아니 놀지는 못하리라

활을 잘 쏴야 활량이지 돈을 잘 써야 활량인가
제 것 두고 못 쓰는 건 왕장군의 바보로다

해가 지고 달이 뜨네 옥창 앵도玉窓櫻桃가 앵돌아진다
얼씨구 좋다 좋을씨구 아니 아니 놀지는 못하리라

산이로다 산이로구나 첩첩산중에 만첩산이라
이 산중에 들어와서 사슴 노루와 벗을 삼아
더러운 세상의 일을 잊어버리고 말자는구나
얼씨구 좋다 좋을씨구 아니 아니 놀지는 못하리라

언제 보나 언제나 보나 고향 산천을 언제나 보나
늙은 부모 남겨 두고 천 리 타향에 내 어이 와서
달 밝고 기러기 울면 천만 수심이 다 몰려오네
얼씨구 좋다 좋을씨구 아니 아니 놀지는 못하리라

창부 타령

아니 아니 놀지는 못하리라 얼씨구절씨구 놀아 보자
백설 같은 흰나비는 부모님 몽상蒙喪을 입었는지
소복단장 떨쳐입고 장다리 밭으로 날아든다
진국 명산 만장봉이 바람이 분다고 쓰러지랴
송죽 같은 굳은 절개 매 맞는다고서 굽힐쏘냐

아니 아니 놀지는 못하리라

죽장낭혜竹杖芒鞋 단표자單瓢子로[1] 천 리 강산을 들어가니

폭포도 장히 좋다마는 여산 경치가 여기로다

비류직하삼천척飛流直下三千尺은 옛말 삼아 들었더니

의시은하낙구천疑是銀河落九天은 과연 헛말이 아니로다[2]

얼씨구절씨구 아니 놀지는 못하리라

아니 아니 놀지는 못하리라

인간 이별 만사 중에 나 같은 사람이 또 있는가

부모같이도 중한 사람은 세상을 뒤집어도 없건마는

님을 그리워 애타는 가슴 어느 사람이 알아주나

배 떠나간 자리에는 검은 연기만 남았건만

님 떠나간 내 가슴에는 괴롬만 한아름 남았구나

얼씨구 좋네 지화자 좋네 아니나 놀지는 못하리라

---

1) 대지팡이에 미투리 신고 표주박을 든 간편한 차림으로.

2) 이백의 시 구절로, 물줄기 날아 흘러 바로 삼천 척이니, 은하수가 하늘에서 떨어지는 듯하다는 뜻.

어랑 타령

어랑 타령의 본고향은 함경도 원산인데
지금 잠깐 몸 지체 강원도 금강산일세

(후렴) 어랑 어랑 어허야 어럼마 디여라
　　　 이것이 몽땅 내 사랑

담벼락 밑에다 솥을 걸고 살아도
우리 둘이 정분만 나날이 짙어 가누나 (후렴)

닭알의 껍질에 장을 말아서 먹어도
우리 둘이 정분에 한백년 살란다 (후렴)

간다고 하면은 네가 정말로 갈쏘냐
하룻밤에 맺은 정이 만리장성을 쌓는다네 (후렴)

이화 타령

(후렴) 이화 이화 이화로다

　　　이화 장 속으로 날으라네

시집온 지 삼 년 만에

온몸 일신이 노래지네 (후렴)

어찌하면 친정 갈까

내 몸 일신 귀차 하네 (후렴)

차돌에는 찰떡 치고

맷돌에는 메떡 치고 (후렴)

센개[1] 잡아서 짝 붙이고

영계 잡아서 웃짐 치고[2] (후렴)

우리 친정 간 연후에

---

1) 털빛이 흰 개.

2) 웃짐은 짐 위에 더 올린 짐인데, 여기서는 푸짐하게 음식 장만을 한다는 뜻이다.

석달 장마 내려지고 (후렴)

시집에를 떠나온 후
음중다리 앓고지고 (후렴)

내 팔자를 고치려면
북망산천뿐이로다 (후렴)

늙은이는 고집 쓰고
부모 형제 다 모르네 (후렴)

어린 자식 출가하여
갖은 애통 다 태우네 (후렴)

좋은 가문 찾지 못하고
악한 시집 보냈다가 (후렴)

금지옥엽 내 자식을
가시 속에 넣었구나 (후렴)

법령이 엄중하여
일부종사 하라누나 (후렴)

꾼대 타령

뒷동산에야 물박달나무
홍두깨 방치로야 다 나간다

(후렴) 허이 꾼대 꾼디리야
　　　디리디리야 내디리야 꾼대시턴지

비둘기 맘성은 콩밭에 있고
요내 맘성은 너한테 있다 (후렴)

담배씨 같은야 잔 사정은
언제나 만나서 풀어나 볼까 (후렴)

호미질은 한두 번 하고
곁눈질은야 열두 번 한다 (후렴)

바람이 불면 동남풍 불고
풍년이 들려면 님 풍년 들라 (후렴)

물동이 소리 딸가락 나더니

디래줄 추파로 날 오라누나 (후렴)

걸음을 걸어라 활개를 쳐라
너 좋은 맵시는 내 보아 줄라 (후렴)

개고리 타령

개골개골 청개골 네가 날 볼라기면
진펄이 명당 건너서 미나리 안골로 오너라

충청도 큰애기들은 숟가락 은장수로 나간다
은 동고리 반수저에 깨끼 숟가락이 격이라

수양산 큰애기들은 나물장수로 나간다
고비고사리 두릅나물 용문산채가 격이라

함경도 큰애기들은 명태잡이로 나간다
명태 동태 떼를 무어 숭어잡이가 격이라

산골 큰애기들은 솔방울 따기로 나간다
이 포기 들썩 저 포기 들썩 솔방울 따기가 격이라

도랑가의 큰애기들은 가재잡이로 나간다
이 돌 들썩 저 돌을 들썩 가재잡이가 격이라

느리개 타령

앞내 강변엔 금붕어가 놀고요
후원 초당엔 에루화 봉접이 노누나

(후렴) 닐닐닐닐 느리고절싸 말 말아라
　　　 서서섬마 정도 좋다 네가야 내 사랑아

명사십리 해당화가 만발인데
안 나던 님의 생각 에루화 저절로 나누나 (후렴)

영산홍록暎山紅綠 꽃바람이 불어오는데
건넛집 김 도령 에루화 봄놀이 가잔다 (후렴)

심산유곡엔 뻐꾹새가 울고요
창해 녹림엔 에루화 갈매기 떠논다 (후렴)

기암 노송엔 청학 백학이 춤을 추고
시내 강변엔 에루화 꾀꼴새 노래로다 (후렴)

총각 타령

도롱이 입고 삿갓 쓰고
곰뱅이 물고 잠뱅이 입고
각정 낫가락 꽁무니 차고
수숫잎을 뚝 따 골 동이고
검정 암소 등에 앉아서
이랴 낄낄 소 몰고 가는 아이
더벅머리 총각 녀석아
게 섰거라 말 물어보자

종다래기를 두루쳐 메고
뒷내에 물고기 앞내에 물고기
굵으나 자나 자나 굵으나 주섬주섬 주워 담아
동으로 뻗은 능수버들 상 잎을 남겨 두고
거꾸로 잡고 주르르 훑어 고기 아금지 잔뜩 꿰어
우리 정든 님 집 전해 주면
싱겁두 짜두 짜두 싱겁두 않게
얼근슴슴이 지져 놓으면
내 지나갈 역로에 들르마고 일러 주게

나두 사주팔자 기박하여
남의 집 고용살이 내 머슴 사느라고
낮이면은 남글 하랴 아침저녁 소물[1]을 쑤랴
새새틈틈이 새끼를 꼬랴 그새를 타서 가 보려니
이내 가슴 타는 줄을 그 누가 알아주랴

---

1) 쇠죽.

반월 타령

반월이라지 반월이라지 네가 무슨 놈의 반월이라지
초생달이 반월이라지

(후렴) 아무래도 네로구나 아무래도 네로구나
　　　밀어라 당겨라 닻 감는 소리에
　　　마산포 큰애기는 다 떠나간다

도화라지 도화라지 네가 무슨 놈의 도화라지
복사나무 꽃이 도화라지 (후렴)

모란이라지 모란이라지 네가 무슨 놈의 모란이라지
모란봉에 피는 꽃이 모란이라지 (후렴)

평산이라지 평산이라지 네가 무슨 놈의 평산이라지
녹수 장림 푸른 것이 평산이라지 (후렴)

사랑이라지 사랑이라지 네가 무슨 놈의 사랑이라지
연분의 친구가 사랑이라지 (후렴)

아리아리
쓰리쓰리
아라리요

흙물에 연꽃도 곱기만 하다
세상이 흐려도 나 살 탓이지
아리아리 쓰리쓰리 아라리요
감꽃을 주우며 헤어진 사랑
그 감이 익을땐 오시만 사랑

양산도

에헤요
양덕 맹산에 흐르는 물은
능라도로만 감돌아든다

(후렴) 에라 놓아라 못 놓겠구나
　　　 능지凌遲를 하여도 못 놓겠네

에헤요
나는 가누나 나는 간다
떨떨떨거리고 나 돌아간다 (후렴)

에헤요
달이 밝아서 추석이더냐
풍년이 들어야 추석이로다 (후렴)

에헤요
바람아 광풍아 불지를 마라

■ '양산도'는 널리 알려진 서도 민요이다. 곡조가 명랑하고 가사가 다양해 오늘까지 많이 부른다.

동해나 천 리에 돛단배 떴다 (후렴)

에헤요
팔도나 강산을 다 다녀 봐도
정 가는 곳은 한곳이로다 (후렴)

에헤요
가랑비 세우에 풀잎이 젖고
정든 님 말씀에 내 마음 젖네 (후렴)

에헤요
가라고 할 때는 가랑비 오고
보라고 할 때는 보슬비 오네 (후렴)

에헤요
벼 풍년 들어야 땅 임자 좋지
우리네한테는 소용이 없네 (후렴)

에헤요
풍년이 들려면 님 풍년 들고
비가 오려면 술비가 오게 (후렴)

에헤요
녹수 청강에 배 띄운 어부

고기도 잡지만 달구경하소 (후렴)

에헤요
달이 밝으니 낮인 줄 알고
철없는 닭들이 세 홰를 우네 (후렴)

에헤요
차문주가하처재借問酒家何處在요
목동이 요지행화촌遙指杏花村이라[1] (후렴)

에헤요
눈비를 맞아서 휘어든 낡은
봄비를 맞아서 다 일어섰네 (후렴)

에헤요
세월이 흘러서 굽은 허리는
어느 바람에 일어서려나 (후렴)

에헤요
풍년이 왔다네 풍년이 왔네
무궁화 삼천리 대풍년 왔네 (후렴)

---

1) 술 파는 집이 어데냐고 물었더니, 소 먹이는 아이가 복사꽃 핀 마을을 가리킨다. 두목杜牧의 '청
   명淸明' 이란 시의 한 구절이다.

에헤요
바람이 불려면 살바람 불고
구름이 날거딘 떼구름 날라 (후렴)

에헤요
만학천봉에 초당을 지어
세상 꼴 안 보고 나 혼자 살자 (후렴)

에헤요
꽃이 곱대도 춘추단절春秋短節이요
네놈이 잘산대도 한때로구나 (후렴)

에헤요
가면 가고요 말면은 말지
관청놈 따라서 밤길을 갈까 (후렴)

에헤요
야야 웨야 너 어데 사나
오강에 삼포 나 여게 산다 (후렴)

에헤요
강변에 살면서 네 무엇 하나
고기를 낚아서 내 살아간다 (후렴)

에헤요

바위 암상에 다람이 기고

시내야 강변에 금자라 긴다 (후렴)

에헤요

야야 웨야 너 어데 가노

쪽배를 몰고서 님 맞이 간다 (후렴)

에헤요

중추 명절의 저 밝은 달아

님 계신 곳을 너는 알겠구나 (후렴)

에헤요

동원도리東園桃梨가 편시춘片時春하니[2)]

꽃다운 여인의 설움이로다 (후렴)

에헤요

가뜩이 가뜩이나 맘 심란한데

두견이 저 새는 왜 저리 우나 (후렴)

에헤요

객사청청유색신客舍青青柳色新하니[3)]

---

2) 동산에 복사꽃, 오얏꽃이 봄 한때 잠깐 피었다 지니.

내 나귀 매고서 돌던 데라 (후렴)

에헤요
정은 나날이 깊어만 가는데
이 몸은 해마다 늙어만 가네 (후렴)

에헤요
녹음방초 들에 누우니
세상의 만사가 꿈 밖이로다 (후렴)

에헤요
가는 세월을 잡지를 말고
청춘의 시절을 아껴나 보세 (후렴)

양산도

에헤이에
창포밭에는 금잉어 논다
이리 굼실 저리 굼실 잘도 논다

---

3) 나그네 머무는 곳에 버들이 푸르니.

(후렴) 에루화 지어라 얼씨구 좋다

　　 두둥실거리고 얼씨구 좋다

에헤이에

일락은 서산에 해 떨어지니

월출동령에 달 솟아 온다 (후렴)

에헤이에

동원 도리가 다 피었으니

양춘의 가절이 이 아니더냐 (후렴)

에헤이에

봄아 가려면 너 혼자 가지

바람은 왜 불어 낙화가 지나 (후렴)

에헤이에

말은 가자고 네굽을 치고

님은 잡고서 안 놓아주네 (후렴)

에헤이에

씨 뿌릴 때는 선웃음 치고

가을걷이할 때는 손 벌리네 (후렴)

에헤이에

묵밭을 일구어 매 가꾸재도

지주놈 등쌀에 못 하겠구나 (후렴)

에헤이에

네가 잘나서 일색이더냐

내 눈이 어두워 일색이로다 (후렴)

에헤이에

언덕의 나리꽃 피두새 좋고

정든 님 말씀은 듣두새 좋다 (후렴)

에헤이에

불면 날까 쥐면 꺼질까

알뜰히 고운 건 내 딸이로세 (후렴)

에헤이에

어디 보고 또 한 번 보자

이 길로 떠나면 또 언제 보나 (후렴)

에헤이에

산이 높아서 못 온다더냐

물이 깊어서 못 온다더냐 (후렴)

에헤이에

가자던 날짜는 안 잊더니

오마는 날짜는 왜 잊었나 (후렴)

에헤이에

바다가 변해서 백사지白沙地 되어도

우리네 정만은 변하지 말자 (후렴)

아리랑 1

(후렴) 아리랑 아리랑 아라리요
　　　아리랑 고개로 넘어간다

나를 버리고 가시는 님은
십 리도 못 가서 발병 난다 (후렴)

산도 설고요 물도나 선데
누구를 보자고 나 여게 왔나 (후렴)

풍년이 왔다네 풍년이 와요
삼천리강산에 풍년이 와요 (후렴)

산천초목은 젊어만 가고
인간의 청춘은 늙어만 간다 (후렴)

남산에 풀잎은 필뚱말뚱

■ '아리랑' 은 우리 나라 민요의 대표곡이다. 19세기 이후에 널리 퍼져 지방마다 독특한 곡조와 가사
　들이 생겼으며 현대 음악에도 큰 영향을 주었다.

정든 님 소식은 올똥말똥 (후렴)

먼동이 튼다네 먼동이 트네
님 그려 꾸던 꿈 다 깨었네 (후렴)

그러지 않아도 맘 심란한데
춘삼월 궂은비는 무삼 일고 (후렴)

명사십리에 해당화야
꽃이 진다고 설워를 마라 (후렴)

꽃이 지고요 잎이 져도
가지 끝에는 열매를 맺네 (후렴)

물살은 청청 흘러를 가고
자갈밭 총총히 처져 있구나 (후렴)

서산에 지는 해는 지고 싶어 지며
날 버리고 가는 님은 가고 싶어 가나 (후렴)

아리랑 고개는 열두 고개
정든 님 고개는 한 고개라 (후렴)

간 데 족족 정들여 놓고

이별이 잦아서 못 살겠네 (후렴)

강원도 큰애기 베 짜는 소리
길 가는 행인이 길 못 본다 (후렴)

거지야 봉산에 비 맞은 제비
수풀 속에서 벌벌 떠네 (후렴)

당갑사 중치마 붉어서 좋고
백항라 저고리 시원해 좋다 (후렴)

저 달이 진다고 설워 말고
심중에 있는 말 실토를 하소 (후렴)

문을 열고서 바라를 보니
흐리던 하늘에 달이 떴네 (후렴)

파리가 무서워 칼을 빼니
벌레가 덤비면 무얼 뽑나 (후렴)

내 눈이 어두워 못 본 것을
개천은 나무래 무얼 하나 (후렴)

부처만 믿으면 극락 가나

제 맘이 곧아야 극락 가지 (후렴)

사랑도 아닌데 알랑알랑
미울 것 없어도 원수로세 (후렴)

산중 까마귀 까악까악
그이의 병환이 중한 줄 아네 (후렴)

살림살이 알뜰하면 내 것 되나
빚쟁이 열 놈이 날 보자네 (후렴)

농사는 지어도 굶주려 사니
이놈의 세월이 몇백년 가나 (후렴)

산중의 보배는 능금 포도
들녘의 귀물은 큰애기라네 (후렴)

서산에 지는 해 지자고 지며
우리네 청춘은 늙자고 늙나 (후렴)

세월도 네월도 덧없는 세월
돌아간 봄날이 또다시 왔네 (후렴)

억만 사람이 다 모였어도

정 가는 사람은 한 사람일세 (후렴)

근심이 첩첩 야삼경인데
잠이 와야 꿈을 꾸지요 (후렴)

아리랑 고개에 살게 되면
너하고 나하고 집을 짓자 (후렴)

너하고 나하고 못 살게 되면
한강 물속에 집을 짓자 (후렴)

님을 두고서 내가 왔소
이 밤이 새기 전 가야 하오 (후렴)

님의 정은 대밭이라면
나의 정은 죽순이지요 (후렴)

아리랑 타령을 누가 냈나
건방진 새악시 네가 졌네 (후렴)

강남의 제비는 왔건마는
오마던 우리 님 왜 안 오나 (후렴)

제비는 작아도 강남을 가지

이 몸은 언제나 강남을 가나 (후렴)

열라는 콩팥은 안 열리고
열지 말란 동백만 열려쌌네 (후렴)

영감아 땡감아 떡 받아먹게
범버리 개떡에 꿀 발랐네 (후렴)

온다던 님은 아니 오고
빚쟁이 두 놈이 새벽에 왔네 (후렴)

올뚱에 볼뚱에 저 남산 보소
우리도 죽으면 저 모양 되지 (후렴)

울 넘어 담 넘어 꼴 비는 총각
눈치나 있거던 떡 받아먹소 (후렴)

청천 하늘에 별도 많고
홀애비 살림에 말도 많다 (후렴)

청사초롱에 불 밝혀라
죽었던 낭군이 돌아온다 (후렴)

아리랑 2

아리랑 고개다 집을 짓고
정든 님 오기만 고대한다

(후렴) 아리랑 아리랑 아라리요
　　　아리랑 띄어라 놀다 가세

용안 여지[1] 당대추는
정든 님 공경으로 다 나간다 (후렴)

나는 좋아 나는 좋아
정든 친구가 나는 좋아 (후렴)

아이고지고 통곡을 말아라
죽었던 낭군이 살아를 올까 (후렴)

만경창파에 떠가는 배야
거기 좀 닻 주어라 말 물어보자 (후렴)

---

1) 둘 다 과일 이름.

바람이 불고 비 오는 날에
동해의 풍랑이 얼마나 높더냐 (후렴)

천리 원해遠海에 님 보내 놓고
주야 사시로 걱정이로다 (후렴)

세월은 왜 이리 덧없이 가나
돌아간 봄이 다시 온다 (후렴)

인생 한번 돌아가면
움이 나나 싹이 나나 (후렴)

친구가 남이언만
어이 그리 유정한가 (후렴)

아리랑

아리랑 고개다 집을 짓고
동무야 오기만 기다린다

(후렴) 아리랑 아리랑 아라리요
　　　아리랑 얼씨구 아라리요

어보게 쇠꼴을 바삐 비오

저 건너 저 집에 연기 난다 (후렴)

실실아 동풍에 궂은비 오고

동무야 오기만 기다린다 (후렴)

아리랑 3

아리아리랑 시리시리랑 아라리가 났네
어정 얼씨고 젊어지게 놀자

아리아리랑 시리시리랑 아라리가 났네
둥둥실 둥실 산채 뿌리 맛보자

아리아리랑 시리시리랑 아라리가 났네
얼씨구절씨구 궁둥춤 춰 보자

아리아리랑 시리시리랑 아라리가 났네
두리둥 둥둥둥 빨래질 할거나

아리아리랑 시리시리랑 아라리가 났네
어라랑 어라랑 길쌈질 할거나

아리아리랑 시리시리랑 아라리가 났네
어정청 맵맵시 물레나 돌구자

긴 아리랑

아리랑 고개 넘어 봄바람 불고
도라지 바구니엔 꽃잎이 진다
에루야 데헤루야
큰애기 긴 한숨에 봄철이 진다

영산의 구제비는 날아를 가고
화산의 신제비는 날아를 온다
에루야 데헤루야
산 너머 강기슭에 님 꽃이 핀다

바람이 불어도 내 날아가고
구름이 흘러도 내 따라가지
에루야 데헤루야
님 계신 그곳으로 내 가고저라

난초는 피어서 꽃대가 솟고
국화는 피어서 향기가 나지
에루야 데헤루야
내 설움 피어서는 무엇이 되누

간다고 간다고서 가시던 님이
온다는 소식은 왜 못 전하나
에루야 데헤루야
상사도 불망에 저 달이 밝다

아리랑 고개 넘어 그 어데인고
바람도 구름도 넘어만 가네
에루야 데헤루야
우리 님 가신 곳도 봄철이겠지

강원도 아리랑

(후렴) 아리아리 쓰리쓰리 아라리요
　　　아리아리 얼씨구 놀다 가세

아주까리 동백아 열지를 마라
건넛집 숫처녀 놀아난다 (후렴)

아주까리 정자는 구경자리
살구나무 정자로만 만나 보자 (후렴)

앞산을 헐어서 한길 내고
정든 님 오기만 기다린다 (후렴)

흙물에 연꽃도 곱기만 하다
세상이 흐려도 나 살 탓이지 (후렴)

감꽃을 주우며 헤어진 사랑
그 감이 익을 땐 오시만 사랑 (후렴)

만나 보게 만나 보게 만나 보게
아주까리 정자로 만나 보게 (후렴)

서울 아리랑

(후렴) 아리랑 아리랑 아라리가 났네
　　　아리랑 속에서 넘겨나 주소

아서라 말아라 네가 그리 마라
사람의 괄세를 네가 그리 마라 (후렴)

세상천지에 약도 많건만
우리 님 섬길 약은 왜 이리 없나 (후렴)

전생차생에 무슨 죄로
우리 양인이 왜 생겼나 (후렴)

산에 산새도 짝이 있는데
우리는 왜 이리 혼자 사나 (후렴)

날 데려가시오 날 데려가오
한양아 낭군아 날 데려가오 (후렴)

우연히 든 정이 골수에 맺혀
잊을망 자가 난감이로다 (후렴)

밀양 아리랑

(후렴) 아리아리랑 스리스리랑 아라리가 났네
     아리랑 고개로 날 넘겨 주소

정든 님 오시는데 인사를 못 해
행주치마 입에 물고 입만 빵긋 (후렴)

날 좀 보소 날 좀 보소 날 좀 보소
동지섣달 꽃 본 듯이 날 좀 보소 (후렴)

날 좀 보소 날 좀 보소 날 좀 봐요
동지섣달 꽃이 피면 너를 보마 (후렴)

송림 속에 우는 새 처량도 하다
아랑[1]의 원혼을 네 설워 우느냐 (후렴)

영남루 비친 달빛 교교한데

---

1) 밀양 영남루에서 관청 사령의 겁탈을 피해 자살하였다는 처녀. 아랑각은 아랑을 제사 지내는 사
당이다.

남천강 말없이 흘러만 간다 (후렴)

채색으로 단청한 아랑각은
아랑의 유혼이 깃들어 있네 (후렴)

저 건너 대숲은 의의한데
아랑의 설운 넋은 애달프다 (후렴)

영남루 명승을 찾아가니
아랑의 애화가 전해 있네 (후렴)

남천강 굽이쳐 영남루를 돌고
벽공에 걸린 달 아랑각을 비추네 (후렴)

촉석루 아래의 남강 물은
논개의 충혼이 어려 있네 (후렴)

밀양 땅 오시면 나를 찾소
살구꽃 붉게 핀 옆집이오 (후렴)

진도 아리랑

(후렴) 아리아리랑 쓰리쓰리랑 아라리가 났네
　　　아리랑 응응응 아라리가 났네

문경의 새재는 웬 고갠가
굽이야 굽이야 눈물이 난다 (후렴)

치어다보니 만학천봉
굽어보니 백사지로다 (후렴)

다녀서 가오 잘 다녀가오
우리 님 뒤따라서 나는 가네 (후렴)

무엇을 하려고 님 여기 왔소
우시고 가실 걸 뭐 하러 왔소 (후렴)

정선 아리랑 1

(후렴) 아리랑 아리랑 아라리요
　　　아리랑 고개로 둘이 넘세

꽃 본 나비 물 본 기러기 탐화봉접인데
임자 보고서 그저 갈쏘냐 (후렴)

송죽 같은 이내 몸이
임자로 하여금 단풍이 들었네 (후렴)

앞 남산 적설이 다 진토록
뒷동산 행화춘절杏花春節아 왜 모르나 (후렴)

출문망出門望 출문망 하나
원수 오동 상상지라[1] (후렴)

---

1) 문밖에 나가 기다리나 원수 같은 오동나무 윗가지가 앞을 가린다.

정선 아리랑 2

강원도 금강산 일만이천봉 팔만구 암자
유점사 법당 뒤에 칠성단 도두 뭇고
팔자에 없는 아들딸 낳으라고
백일 적성赤誠 석달 열흘
기도 노구메[1] 적성을 말고
타관 객리 외로운 사람 괄시를 마라

강원도 금강산 일만이천봉 봉오리마다
해금강 밑으로 히끗히끗 뵈는데
우리 님 신관[2]은 어데 가고 아니 보이나

임자 당신 날 싫다고 울 치고 담 치고
열무김치 소금 치고 배추김치 소금 치고
칼로 물 빈듯 싹 돌아서더니
이천팔백 리 다 못 가서 날 찾노라

---

1) 신령에게 제사 지내기 위해 놋쇠나 구리로 만든 작은 솥에 지은 메밥.
2) 얼굴의 높임말.

정선 아라리

아우라지 장구 아저씨 날 좀 건너 주소
싸리꽃 동백꽃이 다 떨어지네

한치 뒷산 곤드레 딱죽이[1] 님의 정만 같다면
작년 같은 흉년에도 그것만 따 먹고 살지

월미봉 살구나무 고목이 다 되니
오던 새 그 나비도 되돌아가네

비가 올라나 눈이 올라나 장마가 질라나
만수산 검은 구름이 막 모여드네

절 끝 밑에 풍경 달고 풍경 밑에 방울 달아
앞 남산 불까투리 한 마리 채 가지고 빙글빙글 돈다

오늘 갈는지 내일 갈는지 정수정망定數定望 없는데
맨드라미 줄봉숭아는 왜 심어 놓았소

---

1) 곤드레 나물. 딱죽이는 잔대의 싹. 둘 다 보릿고개 때 먹는다.

노랫가락

달아 두렷한 달아 님의 사창紗窓에 비친 달아
님 홀로 누웠더냐 어느 딴 사람 또 있더냐
저 달아 본 대로 일러라 님에게로 사생결단

꽃 꺾어 머리에 꽂고 잎은 뜯어서 입에다 물고
산에 올라서 들 구경하니 길 가던 사람이 길 못 가네
아마도 천하의 일색은 나뿐인가

도리 줌치에 수를 놓아서 일광 월광의 선을 둘러
봄바람 곱게 부는 날 님의 상 앞에 던지고저
행여나 그 줌치 집다가 님이 내 얼굴 보실는지

달 뜨자 배 떠나가니 인제 가면은 언제나 오나
만경창파 저 수중에 나는 듯이만 다녀오소
가시다 동남풍 불면 내 한숨인가 여겨 주소

어려서 글 못 밴 죄로 낙동강 나루터 사공이 되어

■ 이 노래는 시조와 형식이 같다. 가락이 짧고 명랑하며 부드러우면서도 힘이 있다.

백사장 넓은 벌에 하늘을 보고서 누웠으니
바람결에 사공 부르는 소리 이내 가슴이 으스스하다

광풍아 불지를 마라 홍도 벽도가 다 떨어진다
봄비에 잎이 피고 밤이슬에 봉지가 열어
겨우사 열려진 화용花容 청춘 한때가 가엾구나

저 산이 높다고 한들 오르자 들면 못 오를쏘냐
하늘 아래 구름 있고 구름 그 아래 산이로다
사람아 높다고만 말고 한 발 두 발 올라를 가자

삼각산 푸른 봉아 한강수 흐르는 물아
한양 천 리 내 떠나간다 부디 천만년 네 잘 있거라
시절이 하 수상하니 올똥말똥

이 몸이 학이 되어 만리창공을 날아가서
이별 없는 땅을 골라 이내 사랑을 펼쳐 볼까
그곳도 이별 있으면 만리창공을 또 날아야지

가오 가오 나는 가오 님을 두고 나는 가오
가기는 가오마는 정을랑은 두고 가오
내가 가면 아주 가며 아주 가면 잊을쏘냐

공연한 타관 님은 부질없이 정들여 놓고

일시를 못 보면은 그리워서 못 살겠네
그대도 날 생각는지 나만 홀로 짝사랑인지

꽃같이 고운 님을 열매같이 맺어 놓고
가지가지 뻗은 정은 뿌리같이 깊었으니
아마도 백년이 진토록 이별 없이

꿈에 뵈온 님이 인연 없다 하건마는
탐탐히 그리울 제 꿈 아니면 어이하리
인연은 없든 있든 자주자주 꿈에 오소

인생이 근심이라 긴 한숨 하지 마라
우리도 힘을 모아 사업에 성취를 하면
더러운 부귀공명이 그 무엇이 부러우랴

논둑에 나앉아서 잔소리하는 저 지주야
오뉴월 염천 아래 김매는 이 사정을
잠들어 꿈속에라도 생각인들 하였느냐

질라래비훨훨 다 날아가니 님의 소식을 뉘 전하리
수심은 첩첩한데 잠이 와야 꿈을 꾸지
내게는 잠조차 야속하니 그게 슬퍼

나비야 청산 가자 호랑나비 너도 가자

가다가 저물거든 꽃 속에서 자고 가자
그 꽃이 푸대접하거든 잎에서라도 자고 가자

내 정은 청산이요 님의 정은 녹수로다
녹수는 흘러간들 청산이야 변할쏜가
마오 마오 그리 마오 사람의 괄세를 그리 마오

눈물이 진주라면 흐르지 않게 싸 두었다
십년 후 오신 님을 구슬성에 앉히련만
흔적이 이내 없으니 그가 설워

말은 가자고 울고 님은 날 잡고 아니 놓네
석양은 재를 넘고 나의 갈 길은 천 리로다
저 님아 날 잡지 말고 지는 해를 머물려라

바람 불어 누운 남기 비 온다고 싹이 나며
님 그려 생긴 병이 약을 먹어 나을쏘냐
님아 널로 생긴 병이니 네 고쳐 다오

백두산에 칼을 갈고 두만강에 말을 먹여
남아 이십 세에 나라 원수를 무찌르니
아마도 남이 장군은 천하 영웅

담 안에 홍백화요 시냇가에 버들이라

꾀꼬리 노래하고 나는 나비 춤을 춘다
만물이 봄을 맞으니 즐겁기도 한이 없네

창문을 열지 마라 밝은 달 보기 싫다
저 달이 내 심정 알면 저리 밝을 리 만무련마는
그래도 님 보신 달이니 나도 볼까

보거든 꺾지 말고 꺾거든 버리지 마오
보고 꺾고 또 버리니 대장부 행실이 요뿐인가
아서라 길가의 버들 그 누구를 원망하랴

사랑아 내 사랑아 참된 사랑이 자네로구나
사랑이 불같으면 가슴인들 오죽 타리
가슴만 탈 뿐 아니라 온몸 전신이 다 타리라

사랑이 그 어떻더냐 둥글더냐 모나더냐
길더냐 짜르더냐 밟고 남아 자일러냐
하 그리 긴 줄 모르되 끝없어라

산은 옛 산이로되 물은 옛 물이 아니로다
주야로 흐르나니 옛 물이 있을쏘냐
인생도 물과 같아야 가고서 아니 오네

송죽같이 굳은 내 마음 매 맞는다고 허락할쏘냐

내 비록 기생일망정 절개조차 없을쏘냐
가엾은 이내 생활은 속절없이도 옥중 생활

수천 장丈 세모진 낡에 높다랗게도 그네를 매어
님이 뛰면 내가 밀고 내가 뛰면 님이 밀어
저 님아 줄 밀지 말아라 줄 떨어지면은 정 떨어진다

유자도 낡이런마는 한 가지에 둘씩 셋씩
광풍이 건듯 불어도 떨어질 줄 왜 모르나
우리도 저 유자같이 백년토록

장미화 곱다더니 꺾어 보니 가시로다
사랑이 좋다더니 따라가 보니 눈물이라
아마도 장미화 사랑이 가시와 눈물

창밖에 국화 심어 국화 밑에 술을 빚어
술 익자 국화 피고 님 오시자 달이 떴네
아마도 내 기쁨이 한이 없으리

청산도 절로 절로 녹수라도 절로 절로
산 절로 수 절로하니 산수 간에 나도 절로
어려서 병 없이 자란 몸 늙기라도 절로 절로

초생달은 반달이건만 도래주머니 되었구나

태평성대 수를 놓아 만수무강 선을 둘러
쌍무지개 끈을 꿰어 정든 님 챌까

친구가 남이언마는 어이 그리도 유정한고
보면은 반가웁고 못 보면은 그리워라
아마도 유정 무정은 사귈 탓인가

추야장 밤도 길다 나만 홀로 밤이 긴가
밤이야 길다마는 님이 없는 탓이로다
언제나 유정有情 님 만나 긴 밤 짜르게 새워 볼까

남해에 도적이 들어 만인간이 걱정이로다
장군아 말을 타고 침략 왜구를 무찔러라
어디에 법 없는 것이 우리 강토를 엿볼쏘냐

간밤에 꿈 좋더니만 님에게서 편지가 왔소
편지는 왔다마는 님은 어이 못 오시나
편지 봉투 개탁開坼을 하니 만날봉 자가 뚜렷하다

동자야 먹을 갈아 님에게로 편지 쓰자
한 자 쓰고 눈물 흘러 두 자 쓰고 한숨 쉬네
또 한 자 쓰고 보니 이별리 자가 뚜렷하구나

수심가 1

이 몸이 번루[1]하여 설상가상에 매화꽃이요
무릉도원에 범나비로구나
건건사사件件事事로 님 그려 못 살겠구나

약사몽혼若使夢魂으로 행유적行有跡이면
문전석로門前石路가 반성사半成沙라[2]
창망한 구름 밖에 님의 소식이 망연이로다

금수강산이 하 좋다고 할지라도
님곧 없으면 적막이로다
차마 가산 정주[3]가 가로막혀 나 못 살겠네

따라라 따라라 날 따라 오려무나
수화사지水火死地라도 날 따라 오려무나

■ '수심가'는 대표적인 서도 민요의 하나로 구슬픈 가락이 많다. 가사도 여러 가지 있으며 곡도 변
  종이 많다.
1) 번거롭고 지루한 것.
2) 만약 꿈에 다니는 길에 자취가 남는다면 문 앞 돌길이 절반 모래가 되었을 것이라.
3) 가산, 정주는 평안도 고을 이름.

차마 진정 네 화용 그리워서 나 못 살겠네

오르며 내리며 조르는 경상에
말쑥한 냉수가 이내 목 메는구나
차마 진정 가지로 기가 막혀 나 못 살겠네

님이 날 생각하고 오르며 내리며 대성통곡에
얼마나 울었는지 큰길 노변에 한강수로구나
차마로 님의 생각이 간절하여서 나 못 살겠네

모란봉 꼭대기에 칠성단 무어 놓고
노랑대가리[4] 쥐 물어 가라고 기도만 하누나
차마 가지로 설워서 못 살겠네

잘 살아라 잘 살아라 고정故情을 잊고 신정을 고여서
부대 평안히 잘 살아라
차마 진정 가지로 설워서 못 살겠네

남산이 고와서 바라다볼까
정든 님 계시게 바라다보지요
차마 진정 님의 화용 그리워 나 못 살겠네

---

4) 초립을 쓴 나이 어린 남편. 초립은 어린 나이에 혼인한 남자가 쓰는 누런 빛깔 풀로 결어 만든 모자.

수로구나 수로구나
천지 중에도 대원수로구나
남의 님에게 정들인 것이 대원수로구나

사로구나 난사로구나 난사 중에도 겹난사로구나
남의 님에게 정들여 놓고 사자고 하기도 겹난사로구나
차마 진정 가지로 설워서 나 못 살겠네

나를 조르다 병나신 몸이
제명에 죽어도 내 탓이라는구나
차마 진정 나 못 살겠네

님의 집을 격장隔墻[5]해 두고
보지 못하니 심불안心不安하고
통사정 못 하니 나 죽겠구나

님이 가실 제 오마고 하더니
가고 나 영절의 무소식이로구나
차마 진정 나 죽겠구나

밤중마다 님의 생각 날 적에
어느 다정한 친구님 전에다

---

5) 담 하나를 사이에 둔 것. 아주 가까운 이웃.

설분설한雪憤雪恨을 하잔 말가

남산을 바라보니
진달 화초는 다 만발하였는데
윗동 짧고 아랫동 팡파짐한 아이야 날 살려라

큰 산이 가로막힌 것은 천지간 조작이요
님의 소식 가로막힌 것은 인간 조작이로구나
차마 진정 못 살겠네

남산 송죽에 홀로 앉아 우는 뻐꾹새야
님 죽은 혼령이어든 네 아니 불쌍탄 말가
차마 가지로 님의 생각 간절하여 못 살겠구나

우수 경칩에 대동강 풀리더니
정든 님 말씀에 요내 속 풀리누나
차마 진정 님의 생각이 그리워 나 못 살겠구나

강초일일환생수江草日日喚生愁[6]하니
강풀만 푸르러도 님 생각이라
차마 진정 님 생각 간절하여 나 못 살겠구나

---

6) 강가에 풀이 날마다 푸를수록 근심도 자란다.

비나이다 비나이다 하느님 전에 비는 수로구나
간 곳마다 님 생겨 달라고 비는 수로구나
심사가 울울하여 나 못 살겠네

불친不親이면 무별無別이오 무별이면 불상사不相思라
상사부지相思不知로 하시자던 낭군이 간 곳이 없구나
참으로 네 모양 그리워 나 못 살겠구나

유전有錢이면 금수강산이오
무전無錢이면 적막강산이로구나
차마 진정 나 못 살겠네

돈 풍년 질 적에 님 사태 나더니
돈 떨어지자 님조차 말라서 나 어찌 산단 말인가
차마 진정 나 못 살겠네

인생이 늙는 것은 연세가 높아서 늙는 것 아니오
정든 님 이별에 나 백수 지는구나
차마 가지로 나 못 살겠구나

무정한 세월이 덧없이 가더니
무심한 백발이 날 침노하는구나
청춘지년을 허송치 말고 마음대로 놀자

바람 불어서 누운 남기
억수비 만난단들 제 일어서리란 말가
님으로 하여 얻은 병은 백약이 무효로구나

공산야월에 우는 뻐꾹새야
너는 무삼 회포 있어 슬피 우나
나도 엊그제 님을 잃고서 슬퍼하노라

청초 우거진 곳에 누웠느냐 잠들었느냐
향혼香魂은 어데 가고 백골만 남았단 말이냐
잔 들고 권할 이 없으니 슬퍼하노라

자규야 울지 마라, 울거든 너 혼자 울지
낭군 이별하고 잠든 날 깨우니 원수로다

수심가 2

천수만한千愁萬恨 서린 밤에 일일야야 수심일다
내 마음 풀어내어 수심가를 부르리라

슬프다 우리 낭군 어데 간고 수심일다
한번 가고 아니 오니 이내 마음 수심일다

관산이 어드메뇨 바라보니 수심일다
난간이 적막한데 사람 그려 수심일다

겨울 가고 봄이 오니 이내 시름 수심일다
붉은 꽃이 희어지니 삼월 모춘 수심일다

천년 이별 생각하니 눈물 솟아 수심일다
동원도리편시춘東園桃李片時春에[1] 주야 답답 수심일다

해 다 지고 밤이 오니 상사불견 수심일다
명월이 만정滿庭한데 독취 배회獨醉徘徊 수심일다

---

1) 봄 동산에 복사꽃과 오얏꽃이 잠시 피었다 지니.

도화 같은 귀밑에 서리 치니 수심일다
독수공방 홀로 누워 전전반측輾轉反側[2] 수심일다

세월이 무정하야 여리박빙如履薄氷[3] 수심일다
추풍에 지는 잎이 흩날릴 제 수심일다

아희 불러 옷을 지어 관산부송關山付送[4] 수심일다
외어 두고 입은 옷을 내 못 보니 수심일다

슬프다 저 아희야 불식불면不食不眠 수심일다
산고수심山高水深 험한 곳에 어이 갈까 수심일다

창외에 있는 오동 버히고저 수심일다
명월야 긴긴밤에 실솔성蟋蟀聲[5]이 수심일다

청천에 오는 홍안鴻雁 지나갈 제 수심일다
어화 이 사랑을 긴 줄 알고 수심일다

운산이 첩첩한데 소식 몰라 수심일다
수심 수심 중에 님 이별이 수심일다

---

2) 잠들지 못하여 몸을 뒤채기다.
3) 얇은 얼음을 밟는 듯 조심스러움.
4) 옛날에 먼 곳에 가서 군대살이를 하는 남편에게 안해가 옷을 지어 보내던 일.
5) 귀뚜라미 소리.

엮음 수심가

바람 광풍아 불지를 마라 송풍 낙엽이 다 떨어진다
명사십리 해당화야 잎이 진다 설워 말며 꽃 진다 설워 마라
동冬 삼석달을 다 죽었다 명년 삼월 다시 오면
전각에 양미생陽微生하고 훈풍이 자남래自南來할 제[1]
유상앵비柳上鶯飛는 편편금片片金하고
화간접무花間蝶舞는 분분설紛紛雪할 제[2]
온갖 화초라 하는 물건은 다 살아오는데
인생 한번 죽어지면 다시 올 길 만무로구나

산은 적적 월황혼에 두견이 울어도 님 생각이요
밤은 침침 월사시月斜時[3]에 접동이 울어도 님 생각이라
침상편시枕上片時 춘몽중[4]하여 베개 위에 빌린 잠을
계명축시鷄鳴丑時[5] 놀라 깨니
님의 흔적은 간곳없고 다만 등불이로다

---

1) 집에 따뜻한 양기가 돌기 시작하고, 여름 바람이 남쪽에서 불어올 때.
2) 버들가지에 꾀꼬리가 나니 조각 조각 금조각 같고, 꽃밭에 나는 나비가 어지러이 날리는 눈송이 같을 때.
3) 달이 비낄 때.
4) 베개 위에 잠들어 잠깐 꾸는 봄꿈.
5) 닭이 우는 새벽 두 시경.

그러므로 식불감미食不甘味하여 밥 못 먹고
침불안석하여 잠 못 자니
장장지야長長之夜를 허송히 보내며
독대등화獨對燈火로 벗을 삼으니
뉘 탓을 삼아야 설분雪憤을 하잔 말가
주야장천에 믿을 곳 없어서 못 살겠구나

저 건너 높고 낮은 저 산 밑에
영웅호걸이며 청춘 홍안들이 다 묻혔구나
누루총총6) 북망산을 뉘 힘으로 뽑아내며
흘러가는 장류수를 뉘 재주로 막아 내리
우리 같은 인생들은 가만히 곰곰 생각하니
풀끝의 이슬이요 단불의 나비로다
금조 일석今朝一夕이라도 실수 되어 북망산천 돌아가면
살은 썩어 물이 되고 뼈는 썩어 진토 되고
삼혼칠백三魂七魄7)이 흩어질 적에
어느 귀천 타인이 날 불상타 하겠나
차마 진정코 설워하노라

동천에 걸린 달도 그믐 되면 무광이요
무릉도원도 모춘 되면 쓸 곳 없네

---

6) 무덤이 많은 것.
7) 사람의 혼백.

자네 같은 월태화용도 늙어지면 허사로다
청춘 홍안을 애연타 말고서 마음대로 노세

님이 가실 적에 이내 오시마 하더니
무삼 약수弱水[8]가 막혔는지 소식조차 돈절이로구나
춘수春水는 만사택萬四澤[9]하니 물이 많아 못 오시더냐
하운夏雲이 다기봉多奇峯하니 봉이 높아 못 오시더냐
봉이 높거든 쉬어 넘고 물이 깊거든 일엽선 타고 오려무나
주야장천 님의 생각 그려 못 살겠네

독수공방이 심란하기로 님을 따라서 갈까 보구나
오늘 가고 내일 가고 모레 가며 글피 가며
나흘을 곱치어 여드레 팔십 리
석달 열흘에 단 천리를 좌르르 끌면서
천창만검지중千槍萬劍之中이라도
님을 따라서 아니 갈 수 없네

해 가고 달 가고 날 가고 시 가고 님까지 망종 가면
요 세상 백년을 눌 믿고 살잔 말가
석신이라고 돌에다 지접하며[10]
목신이라고 고목에다 지접을 하며

---

8) 전설에 나오는 강 이름. 기러기 털도 가라앉을 만큼 부력이 약해 배를 띄울 수 없다고 한다.
9) 봄물이 못마다 넘쳐나다. 도연명의 시 '사시四時' 가운데 한 구절이다.
10) 의지하여 살며.

어영도 갈매기라고 창파에다 지접을 할까
지접할 곳 없고 속내 맞는 친구 없어 나 못 살겠네

오리나무란 것은 십리 밖에 섰어도 오리나무요
고향목이라 하는 것은 타관에 섰어도 고향나무요
숯섬이라 하는 것은 저무내 있다가도 숯섬이요
북이라 하는 것은 동서 사방에 걸렸어도 북이요
새장구라 하는 것은 억만년 묵었어도 새 장구로구나

산지닌가 수지닌가 해동청 별보라맨가
노각단장에 긴 상모 달고 흑운심천黑雲深川에 높이 떠놀 적에
어떤 남녀 친구가 솔개미로 본단 말가
생각하면은 암상[11]이 사무러워서 못 살겠네

세거歲去에 인두백人頭白이요 추래秋來에 목엽황木葉黃이라
장차 가을이 오면 나뭇잎에 단풍 들고
해가 가면 사람의 머리 백발이 되누나
청춘이 부재래不再來하니 백일을 막허도莫虛渡하라[12]
애달을손 청춘이 가실 줄 알더면은 청사로 결박하고
원수 백발이 오실 줄을 알더면 만리장성으로나 가로막을걸
애달은 청춘이 가고 오고 하더니

---

11) 질투하는 마음.
12) 젊은 시절은 다시 오지 않으니 세월을 허송하지 마라.

원수의 백발이 와서 날 침노하는구나

월무족이보천月無足而步天이요 풍무수이요수風無手而搖樹로다[13]
동정洞庭에 걸린 달은 동정을 응하여 월락함지 서산에 지고
손 없는 모진 광풍은 만수장림을 뒤흔드는데
우리 연연하고 살뜰하고 야속한 님은
세류같이 가늘은 섬섬옥수가 있건마는
주소晝宵로[14] 이내 편신을 어루만질 줄 왜 모르노
님으로 하여 지는 눈물이 대동강 윗턱의 백은탄[15]이 되리로다

의주하고도 통군정 불붙는 불은 압록강이 시재로구나
성천하고도 강선루 불붙는 불은 비류강수가 곁이로구나
삼등하고도 황학루 불붙는 불은 앵무주강이 시재로구나
황주하고도 월파루 붙는 불은 적벽강수로 당겨 끄려니와
강계하고도 인풍루 붙는 불은 양강 합수로 당겨 끄려니와
평양에 부벽루 연광정 붙는 불은 대동강수로 끄려니와
이내 가슴에 시시때때로 붙는 불은 어느 정관이 다 꺼 주리란 말가
답답하고 마음 둘 데 없어 나 어찌하노

칠월이라 초칠일은 견우직녀가 그리워 살다가

---

13) 달은 발 없이 하늘을 걷고, 바람은 손 없이 나무를 흔든다.
14) 밤낮으로.
15) 능라도 옆에 있는 여울.

오작교로 월향하여 일년에 일차를 상봉이 되고
흑해 바다의 밀물일지라도 하루 두 때는 조수로구나
낡이라도 상사목은 음양을 좇아서 마주 서고
돌이라도 망부석은 좌우를 분하여 마주를 서는데
우리 연연하고 틀틀한 님은
일성중一城中에 같이 있어 어이 그리 못 본단 말가
천리 약수에 만리장성이 두른 바가 아니요
삼천 굽이 봉에 촉도지난蜀道之難이 가리었더냐
일쌍 청조까지라도 막래전莫來傳[16]이로다

자규성단월사시子規聲斷月斜時[17]에 두견이 울어도 님 생각이요
월명화락우황혼月明花落又黃昏에 달이 밝아도 님 생각이라
삼척동자야 동방을 내다보아라
새벽달은 두렷이 기울었는데 님은 어데 가고 아니 보인단 말가
님으로 인연하여 여광여취如狂如醉 되는 마음
잠시라도 잊지 못하여 님을 따라갈까 보다
일모한산원日暮寒山遠[18]하니 날이 저물어 못 오시더냐
와병臥病에 인사절人事絶하니 병이 나서 못 오시더냐
노중路中에 노무궁路無窮하니 길이 멀어 못 오시더냐
산외山外에 산부진山不盡하니 산이 많아서 못 오시더냐

---

16) 소식을 전하지 않는다는 뜻.
17) 소쩍새 소리가 그치고 달이 서쪽으로 기울어질 무렵.
18) 날은 저물고 산은 아득하다.

초당에 춘수족春睡足[19]하니 초당 앞에다 국화를 심고
국화 속에다 술 빚어 놓고 기다린다 기다린다
술이 익자 달이 뜨고 달이 뜨자 님이 온다
목이 길다고 황새병이며 목이 짧아 자라병이며
청유리병에다 황소주 넣고 황유리병에다 청소주 넣고
홍유리병에다 죽엽주 넣고 백유리병에다 감홍로 넣고
풋고추 저리김치 문어 전복 곁질러 넣어라
꾀꾀 우는 연계탕이며 께께 우는 생치탕이며
포도독 나는 메추리찜을 이리저리 벌여 놓고
노자작 앵무배에 뚜르르 한잔 술을 가득 부어
잡수시오 잡수시오 시호시호부재래時乎時乎不再來라[20]
잡숫다가 정 싫거든 이내게로 돌리시오
배행도군杯行到君에 막정수莫停手하라[21]
일배 일배 부일배 권할 적에 세상만사가 다 파제로다
달 뜨자 오신 님이 달 지니 형용이 간곳없구나
참말 가지로 설워서 못 살겠네

---

19) 봄날 초당에서 잠을 실컷 자다.
20) 좋은 때는 다시 오지 않는다.
21) 술잔이 차례에 오면 쉬지 말고 마시라.

엮음 수심가

황릉묘黃陵廟[1] 상에 두견이 울고 창파蒼波 녹림綠林에 잔나비 휘파람 소리
소상瀟湘 야우夜雨에 오는 비는 아황娥皇 여영女媖의 눈물이로다
이내 일신에 시시때때로 흘리는 눈물은 뉘로 연하여 눈물이더냐
님으로 연하여 눈물이로구나

백일청천 뜬 기러아
소상강으로 왕래터냐 동정으로 거래를 터냐
일폭 화전지 세세사정을 기록하여
네 발에 두둥실 달아줄 게니 님 계신 곳에 전하여 주렴

명년 양춘가절이 다시 돌아오면은
그 편지 답장을 나한테 전하여 주렴아
님의 화용이 그리워 어이 백년을 살거나

---

1) 황릉묘는 순임금의 두 부인인 아황과 여영의 사당.

오동동 추야

오동동 추야에 달이 둥실 밝은데
가신 님 그리워 잠 못 자겠구나
알뜰살뜰히 그리던 사랑은
얼마나 보면은 싫도록 볼거나

무정도 하구나, 나날이 세상이
야속도 하구나, 시시로 인심이
유정 무정은 사귈 탓이요
정들고 못 삶은 세상 탓이라

산속에 자규가 무심히 울어도
처량한 회포가 자연히 나누나
만나길 원하다 지친 이 몸은
나날이 골수에 네 원망뿐일세

춘풍 도리에 작별한 이후로
추천 명월이 명랑도 하구나
아깝다 내 청춘 네 하나 생각에
허무하고 맹랑히 다 늙나 보구나

이팔청춘가

이팔은 청춘에 소년 몸 되고서
백발을 보고서 반절을 말아라

이팔은 청춘에 홀과수 되구요
설움의 사정을 뉘더러 하나요

창밖에 오는 비 산란도 하구요
비 끝에 돋는 달 유정도 하구나

높은 산 상상봉 홀로 선 소나무
날과 같이도 외로이 서 있네

무정세월은 연년이 오건만
한번 가신 님은 영 무소식이구나

산속에 자규가 무심히 울어도
처량한 회포가 자연히 난다

달 뜨는 동산에 달이 떠야 좋지요

내 마음 달뜬 건 쓸 곳이 없구나

세월아 네월아 가지를 마라
청춘이 가면은 백발이 온다

이산 저산에 소나무 심거
장송이 되면은 님 오시려나

청춘시절을 허송을 말고
백년기약을 다져나 보자

가는 세월만 원망을 말고
오는 세월을 꽃피워 보자

영변가

오동에 에헤헤에 복판이로다
아하 아하 아아하
거문고로구나 아하
동당실 살카당 소리가
아하아 저절루 난다
영변에 에헤에헤 약산에 동대야
아하 아하 아아하
네 부디 편안히 네 잘 있거라
나도 명년 양춘은 가절이로다
또다시 보자

박연폭포

박연폭포 흘러내리는 물은
범사정泛梭亭으로 감돌아든다

(후렴) 에헤 에헤 에헤야
　　　에라 에라 좋구 좋다
　　　어러럼마 지어라
　　　내 사랑아

건곤乾坤이 불로不老 월장재月長在[1]하니
적막강산이 금백년이라 (후렴)

질라래비훨훨 다 날아가고
주렴 주렴 내 사랑아 (후렴)

간다 간다 내가 돌아간다
떠덜덜거리고 내가 돌아간다 (후렴)

---

1) 하늘땅이 영원하고 달도 영원히 밝아 있다.

월백月白 설백雪白 천지백天地白하니
산심山深 야심夜深 객수심客愁深이라 (후렴)

간 데마다 정들여 놓고
이별이 잦아서 못 살겠네 (후렴)

태평가

(후렴) 니나노 닐늬리야 닐늬리야 니나노 얼싸 좋아 얼씨구 좋다
　　　범나비는 이리저리 퍼벌펄 꽃을 찾아서 날아든다

벌나비 잡충이 날아든다 꽃은 분명 피었도다
양귀비 백일홍 피지를 말고 무궁화만이 만발하소 (후렴)

꽃을 찾는 벌나비는 향기를 찾아서 날아들고
황금 같은 꾀꼬리는 버들 사이로 왕래한다 (후렴)

한숨만 쉬어서 무엇 하나 짜증만 내어서 무엇 하나
인생 일장춘몽이니 젊은 시절에 일을 하세 (후렴)

강짜를 내어서 무엇 하나 생각은 하여서 무엇 하나
공수래공수거 인생 허송세월을 하지 마세 (후렴)

왜 생겼나 왜 생겼어 요리 곱게도 왜 생겼나
무쇠풍구 돌풍구로 사람의 간장을 녹여내네 (후렴)

개나리 진달래 만발해도 매화꽃만은 못하나니

눈 속에 핀 뜻을 몰라주니 이런 설움이 또 있을까 (후렴)

만경창파 푸른 물에 쌍돛단배야 게 섰거라
싣고 간 님은 어데다 두고 너만 홀로서 오락가락 (후렴)

춘하추동 사시절에 인생행락이 몇 번인가
오늘같이 좋은 날씨 태평가나 불러 보세 (후렴)

생각은 하여서 무엇 하나

생각은 하여서 무엇 하나 눈물은 흘려서 무엇 하나
제 날 싫다고 떠난 길을 바라는 보아서 무엇 하나

강짜는 부려서 무엇 하나 가슴은 썩여서 무엇 하나
장두칼 날 세워 베고 간 정을 이다지 못 잊어 무엇 하나

노래는 불러서 무엇 하나 장단을 잡아서 무엇 하나
이팔청춘은 다 지나갔는데 몸치장하여서 무엇 하나

꾀꼬리 날려서 무엇 하나 꽃가지 꺾어서 무엇 하나
꿈속에도 님 아니 오니 잠은 들어서 무엇 하나

육자배기

저 건너 갈미봉에 비가 몰려 들어온다
우장을 두르고 지심 매러 갈거나

녹초청강綠草清江 상에 굴레 벗은 말이 되어
때때로 머리 들어 북향하여 우는 뜻은
석양이 재 넘어가니 임자 그려 우노라

저 달은 떠 대장 되고 견우직녀성은 후군이로구나
태백성아 네 어서 급히 행군 취타를 재촉하여라

여봐라 동무들아 말 들어 보아라
춘향이가 중형 당해 거의 죽게 되었구나
아이고 이 일이 웬 말인고
어서 바삐 삽작거리로 나가 보세

천지가 사정이 없어 이윽고 닭이 우니 심청이 기가 막혀
닭아 닭아 우지 마라 네가 울면 날이 새고
날이 새면 내가 간다 나 죽기는 섧지 않으나
불쌍한 우리 부친 어이 잊고 내가 갈거나

성성제혈염화지聲聲啼血染花枝[1]에 애를 끊는 저 두견아
허다 공산 다 버리고 요내 문전에 왜 와 우나
나도 님을 이별하고 수심 만단에 싸였노라
바람은 지동 치듯 불고 궂은비는 내리는데
장탄수심에 잠 못 이뤄하노라

어젯밤 꿈에 기러기 보이고
오늘 아침 오동 위에 까치 앉아 짖었으니
하마나 님이 올까 기다리고 바랐더니
서산에 해는 떨어지고 출문망出門望이 몇 번이나 되느냐
아이고 무슨 일로 편지 한 장이 돈절이로구나

후유 한숨 길게 쉬며 창을 열고 나서 보니
창망한 구름 밖에 별과 달이 뚜렷이 밝아
다 썩고 남은 간폐를 마저 썩이는구나

연당의 맑은 물에 채련採蓮하는 아이들아
십리장강 배를 띄워 물결 곱다 자랑 마라
그 물의 잠든 용이 깨면 풍파 일까 염려로구나

관산이 멀다더니 구름 아래 그곳이로구나
마음은 가건마는 몸은 어이 못 가는고

---

1) 두견새 소리가 피를 토하는 듯, 꽃가지가 핏빛으로 물들 듯하다.

주야로 수심이로구나

궂은비는 온다마는 님은 어이 못 오시는고
구름은 가건마는 나는 어이 못 가는지
우리도 언제나 비구름 되어 오락가락할거나

창해명월 두우성杜字聲[2]은 님 계신 곳 비쳐 있고
회포는 심부한데 해는 어이 수이 가노
잘새는 집을 찾아 무리무리 돌아들고
야색은 창망하여 먼 나무 그늘이 희미한데
경경히 그리는 것은 간장 썩은 눈물이로다

송하에 앉은 중아 너 앉은 지가 언제이냐
산천이 험준하여 오던 길을 잊었느냐 네 절이 파산사냐
지금에 앉고 못 일어나기는 너와 나와 일반이로구나
네 이름은 절이라니 내 이름은 중이로다
석양 서천 저문 날에 절 본 중이 어데 가랴
그 절간 정결하니 쉬어나 갈거나

---

2) 두견새 소리.

청춘가

널과 날과는 망두석이 됐는지
마주만 서면은 왜 요리 말이 없어

(후렴) 에헹헹헤야 어이로다
　　　이러럼마 지화자
　　　사랑이 내 사랑이다

서풍 남풍이 불면 궂은비 올 줄 알련만
한번 간 낭군은 다시 올 줄 모르네 (후렴)

양류가

양류楊柳 상에 앉은 꾀꼬리 제비만 여겨서 후린다

(후렴) 에구 좋다 바람씨 덩구덩
　　　 응응 내 낭군 에후리쳐 더덤썩 안고서
　　　 허허 이것이 내 사랑

청사초롱 불 밝혀라
님의 집으로 놀러 가자 (후렴)

워라 워라 그리워라
님의 얼굴이 그리워라 (후렴)

달은 밝고 명랑한데
님의 생각이 절로 난다 (후렴)

후원 초당 만화萬花 중에
황봉 백접[1]이 오락가락 (후렴)

---

1) 꿀벌, 흰 나비.

녹수 청강 맑은 물에
원앙새 쌍쌍 노니누나 (후렴)

양류가 천만사인들
가는 춘풍을 잡아매랴 (후렴)

너라 너라 네 오너라
네가 와야 나를 보지 (후렴)

천리로다 만리로다
님 계신 곳이 천만리로다 (후렴)

서울놈들

서울놈들 말도 마라
겉으로 보기에는
깎은 밤 같고
발가 놓은 유자 같고
갓 돋은 달 같고
살살 녹는 꿀물 같아도
까부랑 낚시에 걸려만 들면
옴짝달싹 못하고
큰 낭패로구나

서울이라 어떤 서울

서울이라 어떤 서울
한술 밥을 열 놈이 노나 먹어
서럽다고 서울이라 하네

너는 내 눈 속에 에루화

낙락장송 굽은 가지
달이 떠서 송월인데
날 오라는 손짓은
에루화 섬섬옥수로다

도라지를 캔다니
안산 나무를 갈거나
빨래질을 한다니
에루화 낚시질을 갈거나

나는 네 눈에
안 드는지 몰라도
너는 내 눈 속에
에루화 쏙 들어오누나

슬슬 동풍 재 너머 바람에

슬슬 동풍 재 너머 바람에
호갑사 댕기가 팔팔 날린다

내가 언제 널 오랬더냐
내 길이 바빠서 활개짓 했지

뒷문 밖에 함박꽃송이
소부동 하고도 님만 살핀다

떴다 감은 눈은 날 오라는 말이요
감았다 뜨는 눈은 놀다 가란 말일세

눈썹이 많은 제가 길 좀 몰라서
물독을 안고서 팽팽 돈다

새벽 서리에 울고 가는 기럭아

새벽 서리 찬바람
울고 가는 저 기럭아
너도 누와 이별하고
만리창공에 홀로 떴나
네 울음에 내가 설워
구곡간장이 다 녹는다

정 없이 가는 님을
생각한들 무엇 하나
제가 나를 버린다면
낸들 딴 님이 없으랴만
그래도 울고만 있는
이내 심정이 애닲구나

푸릇푸릇 봄배추는

푸릇푸릇 봄배추는
찬 이슬 오기만 고대하고
월매의 딸 춘향이는
이 도령 오기만 고대한다

(후렴) 얼씨구 절이씨구
　　　지화자자 절씨구

잊어라 꿈이더냐
모두 다 잊어라 꿈이더냐
옛날 옛적 과거사를
모두 다 잊어라 꿈이로다 (후렴)

나를 싫다고 나를 마다고
나를 박차고 가신 낭군
잊어야만 옳은 줄 알면서
잊지를 못해 한이로다 (후렴)

기다리다 못하여서

잠이 잠깐 들었더니
새벽 서리 찬바람에
풍지가 우르렁 날 속이네
창문 열고 내다보니
님의 형적은 간곳없고
다만 남은 건 명월이로다 (후렴)

춘풍화류 번화시에
애를 끊는 저 두견아
허다 공산 어데 두고
내 창전에 왜 와 우느냐
밤이면은 네 울음소리
억지로 든 잠이 다 깨어진다 (후렴)

불원천리 가신 님은

불원천리 가신 님은
돈이나 벌면 오시려나
님 생각에 내가 늙어
백발 된들 뉘 알쏘냐

죽어서 영이별은
남 하는 대로 하련마는
살아서 생이별은
산천초목에 불붙는다

산 넘어 달이 뜨네
강물에도 달이 뜨네
달이야 뜬다마는
이내 마음 달 뜰쏜가

저 건너 저 솔밭에

저 건너 저 솔밭에
설설 기는 저 포수야
그 비둘기 잡지 마라
간밤에 꿈을 꾸니
날과 같이 짝을 잃고
짝 찾으러 헤매더라

소리 간다 타령 간다

소리 간다 타령 간다
다섯 이랑 건너 타령이 간다

오는 소린 내 받아 줄게
가는 소릴랑 헛놓지 마라

숫돌이 좋아서 낫 갈러 갔더니
모시단 주머니 넢질러 주누나

모시단 주머니 기워 놓구
만날봉 자로 선 둘러 주려마

우리 나라 앞 논에 물닭의 새낀
두수頭首도 모르고 뚤뚤거린다

황무지 벌판에 논 풀어놓고
조밥에 된장은 억울하다

부령 청진 가신 낭군

일내—內[1]는 오시는데
공동묘지 가신 낭군은
영이별일세
공동묘지 가신 낭군은
무덤이나 있지
부령 청진[2] 가신 낭군은
그림자도 구경 못한다

---

1) 조선 시대에, 임금을 호위하던 군대인 내금위를 구성하던 세 번屬 가운데 하나.
2) 날품팔이꾼이 돈 벌러 가던 곳.

고산준령에 한 떨기 꽃은

고산준령에 한 떨기 꽃은
바람에 휘날려 절명이로다
노송나무에 두루미 앉고
양춘 삼월에 단비가 오네
네가 무슨 꽃이라더냐
봄비가 와도 왜 안 피느냐

노랑 저고리 진당홍 치마에
외씨버선이 제격이구나
댕기만 드리면 처녀라더냐
행실이 고와야 처녀라더라

바람이 불어도 구름이 떠도
오봉산 마루엔 참꽃이 피네
삼대독자의 외아들이
너로 하여서 정사로구나

에헤 에헤야 성화로구나

산천초목에 불 질러 놓고
밀양 삼랑에 물 길러 간다
에헤 에헤야 성화로구나

산천이 좋아서 내 여기 왔나
님 살던 곳이라 내 찾아왔지
에헤 에헤야 성화로구나

유자는 얽어도 큰애기 손질에 놀고
계란은 고와도 북데기 속에서 논다
에헤 에헤야 성화로구나

강원도 금강산 일만이천봉

강원도 금강산 일만이천봉
좌좌 봉봉이 앉으신 성불
네 무슨 생각에 잠겨
상사일념의 님 생각 하는
이내 사정을 못 알아주나

기암은 솟아서 만물상[1] 되고
옥태수 흘러 구룡소 되고
붉은 꽃 푸른 잎들은
춘풍추우에 넘노는데
이 몸 홀로 서리를 맞누나

---

1) 금강산에 있는 바위산.

아주까리 동백아

아주까리 동백아 열지를 마라
산골의 시집살이 말도 많다

시집살이는 할지 말지 한데
박넝쿨 호박넝쿨은 왜 이리 성하나

아침에 만나면 오라버니요

아침에 만나면 오라버니요
저녁에 만나면 정든 님일세

머루야 다래야 열지를 마라
산골의 큰애기 일 못 한다

갈 때 보니 청산이더니

갈 때 보니 청산이더니
올 때 보니 화산이로세
청산 화산 되는 것은
시절 가는 탓이로다

갈 때 보니 곱상이더니
올 때 보니 밉상이로세
곱상 밉상 되는 것은
마음 쓰기 탓이로다

해당화 가지를 꺾어 들고

해당화 가지를 꺾어 들고
눈물이 글썽해 섰던 님아
삼년 석달을 못다 참아서
어둑 황혼에 나룻배 타느냐

가면 가거라 말면 말아라
너 하나 없어서 못 살겠느냐
세상인심이 야박도 하니
미더운 나무가 어데 있나

어린 가장 울음소리에

심심산천에 참매미 소리는
듣기나 좋은데
어린 가장 울음소리에
나는 못 살겠네

뒤범벅상투 내 낭군

노랑대가리 뒤범벅상투
언제나 길러서 내 낭군 삼나

곤드레만드레 쓰러져 잘 제
우리네 삼 동서 산나물 가세

낭군 보고 버선 보니

찔레잎은 뜯어서 잔별을 대고
버들잎은 뜯어서 큰별을 대고
내 낭군 주자고 기웠던 버선
버선의 모양이 하두나 고와
낭군을 보고서 버선을 보니
내 마음이 조금씩 달라지누나

한 숭이야 없을쏜가

동에 동창 돋은 달이 서에 서창 감들도록
어제 오신 군자님은 자는 것이 잠이로다
너 얼마나 의젓함사 오늘 저녁 잠이 오리
냉수에 날티 들고 숭늉에 불티 들고
물로 물로 생긴 수로 한 숭[1] 없이 생길쏘냐
초가에도 양반 살고 와가에도 상놈 살고
비단에도 얼이 있고 대단에도 얼럭 있고
물로 물로 생긴 몸에 한 숭이야 없을쏜가

---

1) 한 가지 흉.

님이라고 생기거든

님이라고 생기거든
이별도 말고
술이라고 생기거든
취중[1]을 말아라

---

1) 술주정.

큰애기

내일모레 저모레
날받이떡¹⁾ 온다고
겉입은 닫고
속입으로 웃는다

1) 신부 집에서 결혼할 날을 받아 신랑 집에 보내면서 같이 보내는 떡.

댕기와 쾌자

빠졌다네 빠졌다네
경상감사 맏딸애기
비단 댕기 빠졌다네
조였다네[1] 조였다네
김 통인이 조였다네
빠진 댕기 나를 주소
치마 끝과 직령 귀[2]가
마주칠 때 너를 주지
고이 없이 너를 주랴

통인 통인 김 통인이
경상감사 딸 볼라고
열두 담장 넘치다가
쉰 냥짜리 금쾌자를
반만 잡아 밀치도다
꼬치 같은 우리 안해

---

1) 주웠다네.
2) 옛날에 무관들이 입던 웃옷의 끝 부분.

성화같이 내달으면
그 말 대척 어찌할꼬

가시나무 노송낡에
바람 불어 쨌다 하오
그래 일러 안 듣거든
동헌³⁾ 마당 짓치달아
석류낡에 쨌다 하오
그래 일러 안 듣거든
사또 앞에 굽니다가
발질에 쨌다 하오
그래 일러 안 듣거든
훗날 저녁 다시 오소
등경⁴⁾ 등경 왕등경에
사심지에 불을 밝혀
물명주 당사실로
혼솔 없이 내 해 줌세

---

3) 원이 공사를 처리하던 집.
4) 등잔.

거사가

어화 그 뉘신고 어디로 가시는가
천상백옥경[1]을 어찌하여 이별하고
이내 산중 깊은 곳에 뉘를 찾아오시는가
반갑기도 무궁하고 기쁘기도 측량없다
허허 기쁠시고 희희대소로다
이때가 삼월인지 나물 캐러 오시는지
산명山名을 반겨 듣고 염불 공덕 오시는가
하늘로 내렸는가 땅으로 솟았는가
세류 같은 가는 허리 춘풍에 휘노는 듯
용모 거동 바라보니 백태천염百態千艶[2] 같을시고
팔자춘산 그린 눈썹 초생반월 아니신가
단순丹脣을 반개半開하고 웃는 듯 찡기는 듯
구름 속의 반달인가 이슬 젖은 꽃이런가
이곳이 요지瑤池[3]런가 선녀의 짓이로다 귀신의 장난인가
그 옛날의 절세미인 다시 살아 나타난 듯

---

1) 하늘 위 옥황상제가 산다는 곳.
2) 여러 모양으로 곱고 아름다운 모습.
3) 서왕모라는 선녀가 산다는 곳.

천태만엽 가졌으니 사람인지 귀신인지
반갑기도 무궁하고 기쁘기도 측량없다
이내 몸 거사 되어 세상 공명 하직하고
큰 산을 의지하여 우락憂樂을 몰랐더니
산중에 도를 닦아 이 각시를 만났어라
귀신이 도우시고 신령이 도우신가
이 산중에 깃을 들여 목탁으로 정을 붙여
산채를 캐어 먹고 음식을 몰랐더니
아무리 가라 한들 오신 각시 갈 길 없다
사면을 살펴보니 만류할 이 뉘 있는가

거사님아 거사님아 내 사연 들어 보소
청춘 팔자 기박하여 이내 몸 과부 되니
가부를 이장코저4) 명산을 두루 찾아
큰 산을 평지 삼고 대해를 육지 삼아
사해를 구경하고 명산으로 다니다가
우연히 이곳 와서 그대에게 욕을 보니
열녀라 칭찬하리
비나이다 비나이다 거사님전 비나이다
이내 몸 이 산 밖에 무사히 나게 하면
머리털로 신을 삼고 풀을 맺어 갚으리다
비나이다 비나이다 거사님전 비나이다

---

4) 죽은 남편의 무덤을 옮기려고.

어화 저 거사의 하는 거동 괴이하다
옛사람의 말씀대로 급격물실急擊勿失[5] 제일이라
처사가 완완緩緩하면 그사이에 좀이 난다
우리들이 만나기는 천우신조하였고
각시님 가련하되 벗어날 길 바이없다
함정에 든 범이오 중영에 든 파리로다
산 밖에 산이요 물 밖에 물이로다

거사님 하는 말이, 자태도 그만두오
이런 줄 알았으면 어느 뉘가 거사 되리
아미타불 염불인들 기쁠시고 익어서라
백팔염주 목탁쟁증 부처님께 드리리라
산신님께 폭백暴白[6]하고 부처님께 하직한 후
나는 간다 나는 간다 산 아래로 나는 간다
나는 싫다 나는 싫다 가사 바랑 나는 싫다
가다가 아무 데나 산 좋고 물 좋은 데
자좌오향子坐午向[7] 제법으로 수간초옥 지은 후에
초식을 먹을망정 장송취죽長松翠竹같이 백년을 즐길 적에
유자생녀 하고 보면 목탁 길중 이름하세
이 세상 다 진커든 후생 길을 닦으리라

---

5) 급하게 움직여 때를 놓치지 마라.
6) 발명. 죄나 잘못이 없음을 밝힘.
7) 묏자리나 집터를 볼 때 좋게 생각하는 방위.

삼십삼천 굴러치면
에밀에밀 하는구나

일천 중생이 모여들어 인경을 부으려고
쇠걸립을 내려올때 어떤 중생이 내려오나
일천 중생이 하는 말이
기름독에 손을 적셔 가루독에 휘둘러서
그 가루가 묻지 않으면 쇠걸립을 내려가오

노루고개

노루고개 바라보며 부모 봉양 힘을 쓰세

누루재 아래턱에 백 포수가 살았는데
화승총 날치기[1]에 꿩 사냥이 장기라네
춘추로 벗을 모아 산 타기로 즐기더래
백 포수 하룻날은 깊은 골로 들어가자고
일로 절로 더듬다가 노루 한 마리 튀어냈네

크고도 점잖은 노루 난초 지초 따 먹으민성
무심히 걷는 걸로 잘 만났다 쏘아 잡아
거꾸로 둘러메고 겁석겁석 내려왔네

그런데 그 노루가 크나큰 에미 노루라
홀로 남은 새끼 노루 삼삼구로[2] 다 찾으며
에미 불러 환장타가
땅바닥에 점점이도 에미 피가 흘렀길래

---

1) 새를 날려 놓고 쏘는 것.
2) 사방으로 골고루.

그 피를 따라가서 고개까지 왔었더래

고개 위에 올라서서 산 밑을 바라보며
처량히 우는 소리 초목을 흔들더래
그러니 우에하노 에미는 죽은 걸로
할 수야 없지마는 안 울 수는 없는 설움

한 밤 두 밤 삼세 밤을 새끼 노루 하도 울어
마을 사람 심란해서 모여 앉아 공론하고
에미 노루 가져다가 그 고개에 무덤 짓고
무덤 위에 떼를 입혀 불쌍하다 정세[3]했대
그 다음날 노루 새끼 에미 무덤 찾아보고
오미 가미 한숨지나 울지는 않더라지
노루고개 그 이름이 오늘까지 전해온다

---

3) 정세질. 짐승이나 나무, 돌 따위에게 원한을 풀고 사람을 저주하지 말라고 하는 것.

체니성

성이 성이라니 토성이냐 석성이냐
천리 금성 에둘러도 이 성만은 못할레라
행주산성 본을 받아 다락같이 높이 싼 성
한 굽이를 돌아가면 만첩청산 굽어보고
두 굽이를 돌아가면 무변대야 펼쳐지고
삼세 굽이 돌아가면 하늘땅이 아슬하다

성이로다 성이로다 고래 고래 고래 때[1]에
억조창생[2] 살리자고 처녀 하나 성을 쌓서
성안에는 우물 파고 우물 위에 집 지었네

이고 왔네 이고 왔네 이 바위를 이고 왔네
치마폭에 싸고 왔네 머리 깎아 지고 왔네
육신이 흙이 되어 그 위에 풀 돋도록
이 성 쌓은 체니[3] 장수 매봉 아래 누워 있네

---

1) 고려 때라는 뜻인 듯.
2) 수많은 백성들.
3) '처녀'의 황해도 말. 경남에서는 '처니', 경기에서는 '츠녀'라고도 한다.

새가 우네 새가 우네 체니성에 새가 우네
아침에는 초록새 저녁에는 유록새
밤중에는 두견새가 자지 않고 울어 주네

우물가에 나무 나고 나무 아래 버섯 나고
버섯 따러 오는 처녀 한두 명이 아니건만
체니성 넘나들며 체니 생각 바이없나

잊지 못할 불망초가 성돌 틈에 뿌리박아
봄이면 꽃이 피고 가을이면 열매 익어
산바람에 머리 빗고 찬 이슬로 세수하네

낙화담

화란춘성 봄날인데 산꽃놀이 내 못 가고
실실이 푸른 버들 황조성黃鳥聲도 뒤에 두고
우리 같은 처자들은 나물 캐러 산에 왔소

범바위 부채골에 온갖 나물 다 뜯어서
단나물은 보에 싸고 쓴나물은 손에 들고
한 고개요 두 고개요 삼세 고개 넘어서서
꾸부러진 노송나무 너리 반석에 쉬어 가세

반석 아래 소가 있어 푸른 물이 백 길이라
나무둥치 비친 양은 천년 묵은 용인 듯고
저녁 구름 비친 양은 목화송이 뜨는 듯고
산나리꽃 비친 양은 대공단¹⁾에 무늬 같고
산새 떼가 지나는 양 그림 속의 그림이라

이 소가 깊다 하되 그 원정怨情을 당할쏜가
물빛이 짙다 하되 그 설움을 당할쏜가

---

1) 무늬는 없지만, 두껍고 윤기가 도는 좋은 비단.

이끼 푸른 바위 아래
서러운 사연이 서리서리 서렸다네

들어보소 들어보소 설운 사정 들어보소
옛날에도 옛적 날에 꽃같이도 고운 처녀
등 너머 님을 두고 고개 넘어 다니다가
고갯길 어귀에서 벼슬 행차 마주쳤네

꽃이야 곱건마는 이 처녀를 당할쏜가
달이야 밝건마는 이 처녀를 당할쏜가
고개 담쏙 수그리고 길섶에 비켜설 때
벼슬 행차 멎어 섰네 옥골 귀인 바라보네

귀인이 높사오나 산중 처녀 당치 않소
금의옥식 좋사오나 초야 인생 당치 않소
가자 하니 길이 없고 앉자 하니 풀 속이라
어리둥절하는 참에 큰 성화를 만났구나

신짝도 짝이 있고 산그늘도 짝이 있고
짝을 무어 사는 세상 상하가 다를쏘냐
뼛속에 스민 정은 장사라도 못 뽑으니
산을 두고 맺은 언약 산 밑에서 허물쏘냐
차라리 물에 빠져 물과 같이 울고 울어
밤낮이 천년만년 흐르고 바뀌도록

처녀의 굳은 마음 고여서 있으리라

풍덩실 물소리에 치맛자락 날렸으니
가인의 천고 원한 새벽달이 보았는가
궂은비 흩뿌리고 골골마다 안개 낄 제
처녀의 울음소리 뉘 아니 설울쏘냐
낙화담 저 못물에 얼굴 비춰 보고 가자

장재애비

이때에 미륵 중생[1] 재미齋米[2]나 동냥차로 민간에로 내려올 제
세모시 고깔 눌러쓰고 팔폭 장삼 떨쳐입고
백팔염주 목에 걸고 십이단념[3] 손에 쥐고
구절이 죽장 틀어 짚고 바라 꽹쇠 손에 들고
광풍에 나무처럼 추중추중 내려올 제
뱀골을 얼른 지나 태봉리를 돌아들어 장재[4]네 집 당도하니
이때에 장재애비 마구간 안에서 마굴 치고 있습니다

미륵 중생 들어서서
바라 꽹쇠 굴려 치고 재미 동냥 왔습니다
장재애비 하는 말이
우리 집엔 돈도 없고 우리 집엔 쌀도 없다
있는 것은 쇠똥일다 쇠똥이나 한 가래 받아 가지고 갈라느냐
미륵 중생 하는 말이

■ '돌이실 고개', '밀물 뚝', '이무기 소' 따위의 지명과 관련된 전설을 노래한 것이다.
1) 미륵이란 미륵보살, 중생이란 사람. 여기서는 미륵보살을 섬기는 중을 말한다.
2) 부처를 섬기기 위하여 시주 받는 쌀.
3) 구슬 열두 개 꿰어 만든 작은 염주.
4) 장자, 부자.

시주라고 주옵시면 받아 가지고 가옵니다
오냐 그럼 그리해라
저 중생이 바랑 벌리고 쇠똥을 받아 가는구나

장재애비 맏며느리 그 거동을 보고 섰다
쌀을 떠서 동이에 넣고 물 길려고 나오누나
여보시오 대사님아
우리도 시아버지 망녕을 하옵니다
바랑을 벗어 놓면 내가 씻어 주오리다
오냐 그럼 그리해라 바랑을 벗어 주니
장재애비 맏며느리 그 바랑을 다 씻어서 쌀을야 주는구나

저 중생이 받아 쥐고
여보시오 부인네야 여보시오 마나님아
내일 다섯 시가 당도하면 이 집터가 연못이 되니
부뚜막에 다북이 돋으면 연못이 될 줄 아오
부엌 바닥에 물이 솟으면 연못이 될 줄 아오
연못이 되거들랑 뒷동산 주령으로 올라오되
뒤에서는 아무렇든지 천변도술千變道術 다하여도
뒤를 돌아보지 말고 산으로만 올라오라

그 이튿날 돌아오고 다섯 시가 되어 오니
부뚜막에 다북이 나네
여보시오 시아버지 부뚜막에 다북이 나면

어제 그 중생 말하기를 연못이 된답니다
야야 애야 그 말 마라
나물하러 아니 가니 그 아니 좋은 일이냐

며늘아기 하는 말이
여보시오 아버지야 부엌 바닥에 샘이 나네
저 중생이 말하기를 부엌 바닥에 샘이 나면 연못이 된답니다
야야 애야 그 말 마라
하늘이 아는 장재란다 물 아니 가니 좀 좋으랴

장재애비 맏며느리
한 아이는 등에다 업고 한 아이는 품 안에 안고
한 아이는 앞세우고 뒷동산으로 올라간다
얼마쯤 올라가니 뇌성벽력 진동하며 천지가 무분별이라
그래도 여자의 마음 시가집이 어찌 됐는지 되돌아봤습니다
살던 집을 돌아보니 그 집은 간곳없고
난데없는 물오리 한 쌍 둥둥둥 떠 있구나

장재애비 맏며느리 돌미럭이 되어지고
장재애비 맏아들은 물오리 되어지고
장재애비와 마누라는 구렁이가 되었구나

봉덕가

일천 중생이 모여들어 인경[1]을 부으려고
쇠걸립[2]을 내려올 때 어떤 중생이 내려오나
일천 중생이 하는 말이
기름독에 손을 적셔 가루독에 휘둘러서
그 가루가 묻지 않으면 쇠걸립을 내려가오

일천 중생 하는 말이
버선을 눌러 신고 저 강물을 건너가도
그 버선이 젖지 않으면 쇠걸립을 가옵시오

일천 중생이 다 그래도 가루가 묻고 물이 젖소
일억 중생이 달려들어 기름독에다 손을 담가
가루독에다 집어넣어도 그 가루가 묻지 않소
저 버선을 숙여 신고 저 강물을 건너가도 그 버선이 젖지 않소

■ 경주 봉덕사에 있는 에밀레종 전설을 노래한 것이다. 종이 울 때 '에밀레' 소리를 내는데, 어미를
애타게 부르는 것이라고 전한다.
1) 큰 종.
2) 쇠 동냥.

일억 중생 거동 보소
연화관을 눌러쓰고 흑포 장삼 떨쳐입고
백팔염주 목에 걸고 십이단념 손에 쥐고
청홍 가사 둘러메고 바랑을 걸머지고
아미타불 품에 품고 삼장법사 등에 지고[3]
추중충충 내려와서 외봉덕이 집에를 갔네

들어서면 삼십삼천 나서면은 이십팔수
바라 꽹쇠 굴러 치며 나무아미타불 쇠걸립을 왔습니다

외봉덕이 어머니가 외봉덕일 품에다 안고 아장아장 나오면서
여보시오 대사님아 쇠걸립 줄 것 전혀 없네

저 중생이 하는 말이
낡이라도 시주라고 돌이라도 시주라고 주옵시면 받아가고
무쇠라도 열닷 근 놋쇠라도 열닷 근 시주라고 주옵시면 받아가오

봉덕 어미 하는 말이, 무쇠 열닷 근도 없고
놋쇠 열닷 근도 없소 우리 외봉덕이나 줄까
저 중생이 하는 말이, 생월생시나 적어 주소

저 중생의 거동 보소

---

3) 삼장법사가 쓴 책을 등에 졌다는 뜻.

방방곡곡 얼개둥둥 챔밧 샅샅이 당기면서
가구 접간 다하면서 무쇠 놋쇠 걷어다가
인경을 붓는구나

도파대장[4] 불러들여 골풀무와 대풍구를 묻어 놓고
흑탄 백탄 다 파다가 불 피워 놓고 무쇳물을 녹여내어
인경을 부어 놓니 인경이 되지 않네

일천 중생 모여 서서 하는 말이
야 여봐라 이 중생아 인간에 내려가서
무슨 죄를 지었는지 인경이 되지 않소

일억 중생 하는 말이, 무쇠 걸립 놋쇠 걸립
방방곡곡 다 당겨도 짐승 벌기[5] 죽인 일 없고
비린 음식 먹은 일 없고 아무 죄도 없습니다

일천 중생 하는 말이, 아무 죄가 전혀 없으면
어찌하여 인경이야 되지 않소 바른대로 말하시오
일억 중생 하는 말이, 올라가면 둘째집이요
내려오면 셋째집이라 외봉덕이 있습니다
외봉덕을 시주로 주길래 생월생시를 적어 왔소

---

4) 쇠 녹이는 일을 책임진 대장.

5) 벌레.

시주라고 주거들랑 받아가지고 올 것이지 생월생시는 왜 적었소
이 길로 바삐 가서 외봉덕이를 데려오소

일억 중생 거동 보소
홍련화 세 송이를 꺾어 내어
바랑 안에 집어넣고 추중추중 내려온다
올라가면 둘째집이요 내려오면 셋째집이라 외봉덕이 집이로세
들어서면은 삼십팔수 나무아미타불 쇠걸립을 왔습니다

외봉덕이 거동 보소
여보시오 어머니야 저 중생이 날 잡으러 왔소
뒤울안에 들어가서 무쇠 두멍[6]에 감춰 주오

저 중생의 거동 보소
여보시오 마누라님 물 한 그릇 청합시다
부엌에를 들어가니 물 드무에 물이 말랐소
뒤뜰 안에 썩 내달아 우물에야 나가 보니 우물에도 물이 없소
오 리 물이 가깝다고 십 리 물을 길러 가네
외봉덕이 어머니는 십 리 물을 길러 갔소
외봉덕이 무쇠 두멍에서 나오면서
여보시오 어머니야 저 중생이 갔습니까

---

6) 물을 담아 두는 큰 가마나 독. '드무' 라고도 한다.

미럭 중생 거동 보소
바랑에서 홍련화 세 송이를 꺼내어서
아가 아가 외봉덕아 이 꽃송이 네가 달라
외봉덕이 거동 보소
어린아이 마음이라 꽃을 보고 받으려 한다
저 중생이 달려들어 바랑 안에 잡아넣어 걸머지고 가는구나

이때에 봉덕 어미 십 리 물을 길어 가지고 집으로 돌아오니
저 중생도 간곳없고 외봉덕이도 간데없네
외봉덕이 어머니의 거동 보소
아이고아이고 이 중생아
무쇠 줘도 몇 배를 주고 놋쇠를 줘도 몇 배를 줌세
애걸복걸하면서 뒤를 따라 오는구나

이때에 미럭 중생은 외봉덕이를 업고 가다가
청사등이라는 바위 위에다 바랑을 벗어 놨더니
그 바위가 갈라지며 바랑이 그 속에 들어가고
도로 바위가 아물어 붙었네
하릴없어 앉았는데 봉덕 어미가 달려오며 애걸복걸 비는구나

저 중생이 하는 말이, 봉덕이를 업어다가
초당에 독서재 앉히고 글공부 시켜서
알성급제 과거 보면 그 아니야 좋을쏜가

어리석은 여자라 그 말을 곧이듣고
봉덕 어머니 하는 말이, 우리나 외봉덕이
날 보고파 울거들랑 금의옥식 먹여 주고
목이 말라 울거들랑 영천수로 적셔 주오

그는 염려 마옵시오
외봉덕이 낳을 때에 태는 무엇으로 잘랐나요
뒷동산에 치달아서 위썩버썩 새잎을 뜯어다
봉덕이의 태를 잘랐소

봉덕이 어머니가 집으로 돌아간 뒤
저 중생의 거동 보소
뒷동산에 치달아서 새잎을 뜯어다가
저 바윗돌을 한 번 그어 자리 나고
두 번 그어 실금 나고 세 번 그니 벌어진다
외봉덕이가 나오면서 빌면서 하는 말이
은을 줘도 몇 배로 주고 금을 줘도 몇 배를 줄게
나를 살려주옵시오 애걸복걸하는구나

저 중생의 거동 보소
외봉덕이를 훌쳐 업고 돌아와서
도파대장 불러다가 대풍구를 묻어 놓고
흑탄 백탄 다 피우고 쇳물을 녹이누나
도파 대장 거동 봐라

크나큰 집게를 손에다 쥐고 외봉덕이게 달려든다

외봉덕이 거동 보소
내가 죽으면 철철히[7] 죽지 남의 손에 죽을쏘냐
동서 사방 사배한다 저 쇳물에 뛰어들어
한 번 뒤척 살이 녹고 두 번 뒤척 뼈가 녹아
저 쇳물과 배합되어 인경을 부어 놓으니
젖꼭지가 둘이 됐네

그 인경을 달려고
일천 중생이 모여들어 인경을 달려 하니
인경이 땅에 붙어 떨어지질 아니하네

이때에 아랫녘에
외봉덕이와 나도 동갑 생일도 동갑 한날한시 낳았구나
여보시오 할머니 외봉덕이가 인경 속에 들었다네
구경 가세 구경 가세

여보시오 내 말 듣소 업은 아기의 말 들어 보소
이 어린아이 하는 말이
모래 백 석을 쌓아 올려 인경을 구을려 올리면
제 아니 달리리까

---

7) 떳떳이.

일천 중생이 다 못 다는데
외봉덕이 동갑이 와서 인경을야 달았구나

한 번 치면 에미에미
두 번 치면 예미예미
세 번 치면 어미어미
삼십삼천을 굴러치면
에밀에밀 하는구나

이공본풀이

김진국 원진국이 있었는데
김진국은 구차하고 원진국은 부자인데
모다 자식이 없어서 근심하던 터에
동계남상주절[1] 대사가 권제[2] 받으러 와서
소승 뵈옵니다 절을 하니
어느 절 어떠한 중이냐고 물으니
동개남상주절 대사이옵는데 권제 받으러 왔습네다
권제를 내어 주고, 원천강화주역[3]이나 있느냐
네 있습네다 하니
그리하면 우리가 자식이 없어 근심이 되니
팔자 사주나 고람考覽하라 하니
소승의 절로 수록[4]을 드리면 남녀간 자식을 보리다
백 근 근량 황금을 가지고 수록을 드리옵사 하고 가니

■ 제주도에 전해오는 '한락궁이' 전설로, 무당들이 굿거리를 하면서 부르기도 했다. '이공본풀이'
  는 두 사람의 근본을 풀이한다는 뜻이다.
1) 절 이름.
2) 시주 받는 것.
3) 옛날에 점을 치던 책.
4) 불공.

원진국과 김진국은 친한 터이라

같이 수록 드리기로 약속하였으나

김진국은 구차하여 황금을 준비 못 하니

상의장을 씻어서 이슬을 맞히고[5] 정성을 다하여 수록을 드리니

원진국은 딸을 낳고 김진국은 아들을 낳으니

십오 세 때에 서로 혼인시키니

일년이 못 되어 옥황에서 편지가 왔는데

김진국 생원은 꽃 감관監官을 하라 하니

김 생원이 서천 꽃밭으로 꽃 감관으로 갈 때에

원진국 따님 되는 부인이 말하기를

가막새도 부부가 있고 즘생도 부부가 있는지라

나만 혼자 두고 어찌 혼자 갑니까 하니

그러면 동행하자 하여 옥황 사자와 삼 인이서

서천 꽃밭을 향하야 갈 때에

길이 멀고 멀어서 가다 봐도 또 남으니

김 생원 부인이 발병이 나고 촌보를 옮기지 못하니

산중에서 유숙하고 가기로 하여

산중에 자다가 날이 밝아 가니

닭이 울고 개가 추치니

개와 닭이 우는 곳은 어데냐 물으니

김 장자 집 닭과 개라 하니

부인이 김 생원에게 말하되

---

5) 흰쌀을 씻어서 이슬을 맞힌다는 뜻.

저는 서천 꽃밭에 가기도 어렵고 집에 돌아가기도 어려우니
김 장자 집에 종으로나 팔아 두고 가시오 하니
김 생원 말씀이, 아무리 한들 그럴 수야 있으리야
그러나 죽음과 삶이 맞서지 아니하니 어이하리요
그러하면 무가내하[6]라 하고
종으로 팔기로 하여 김 장자와 의논하니
김 장자가 종을 사는 게 좋으냐 나쁘냐 딸 삼 형제에 물으니
장녀와 차녀는 종 사지 말라 하고
셋째 딸은 종을 사도 좋다 하니 종 문서를 하고
원진국 부인을 부엌 안으로 부르고 김 생원은 사랑으로 부르니
김 생원이 말하되 이곳 풍속은 모르나
우리 풍속은 종과 한집[7]이 이별할 때는
한방에서 말하고 한방에서 먹고 한다 하니
김 장자 그리하라 하여
원진국 부인이 김 생원 있는 방에 와서 말하기를
복중에 있는 태아를 장차 어찌하리오 하니
김 생원 말씀이, 여아가 나거든 한락데기라 이름 짓고
남아가 나거든 한락궁이라 이름 지으라 하며
본미를 내어 주되 참쌀 한 궤와 용얼러기[8] 한 짝을 주고 떠나니
주인 장자 움막을 짓고 종으로 기르는데

---

6) 할 수 없다.
7) 주인을 이르는 제주도 말.
8) 용을 아로새긴 얼기 빗.

하룻밤은 김 장자놈이 종과 배필을 뭇자고 왔거늘
복중에 있는 태아가 나서 왕이자랑 소리 나고[9]
죽말을 타고 남장대[10]를 져서 밭갈 때가 되면 헌신하겠소 하니
하릴없어 장자가 돌아간 후에
얼마 없어 아이가 나고 점점 커서 밭을 갈게 되니
김 장자가 다시 와서 전 약속대로 배필을 뭇자 하니
이 무지한 장자놈아 주노主奴는 수화水火와 같은데
어찌 배필을 무으리요 하니
장자 분히 여겨 너를 죽이겠다고 하고
돌아와서 자객을 명하여 죽이고저 하니
끝에딸 하는 말이, 그 종 죽이면 도리어 해로우니
고역을 많이 시키는 게 좋십니다 하고
한락궁이는 낮에는 낭[11] 오십 바리
밤이면 노[12] 오십 발 꼬게 하고
어멍 종은 하루낮 하룻밤에
물명주 닷 동 강명주 닷 동 만들라고 마련합서 한즉
한락궁이는 낭 한 바리를 끌어다가 소 한 마리에 실어 놓으면
소 오십 마리에 낭 오십 바리가 되고
노 한 발을 꼬아 놓으면 오십 발이 되고
명주도 한 필을 짜면 다섯 필씩 되어

---

9) 아이가 자라서 노래를 부르고.
10) 긴 장대.
11) 나무.
12) 새끼줄.

고역을 다 하더니

장자가 더 괴롭게 하겠다 하여 좁씨 한 섬을 주며

깊은 산중에 나무를 베어서 밭을 만들고 하루에 다 뿌리라 하니

깊은 산중에 가서 나무를 베고 밭을 만들더니

대돝[13]이 와서 나무를 끊고 밭을 갈아 주니

씨를 뿌리고 돌아와서 장자에게 말한즉

장자 말이 오늘은 고초일[14]이라 잘못 뿌렸으니

좁씨를 다시 주워 오라 하니

한락궁이가 조밭에 가서 보니

계염[15]의 떼가 모여들어 한곳에 모아 두었으니 기뻐하여 갖고 오니

장자 말이 좁씨를 세어 본즉

좁씨 한 방울이 부족하니 다시 가서 찾아오라 하니

하릴없이 먼 문밖에 나가니

장삼 계염[16]이가 물고 왔으니 갖고 가서 드리고

소 오십 마리를 몰고 나무 비러 산에 가니

세 신선이 바둑 두다가 한락궁이를 불러 말하되

네 오늘 백록사슴이 오려니 끌고 가서 매어 두었다가

도망가거든 찾아오라 하고

백록사슴 타서 아방궁[17]을 찾아가라 하니

---

13) 큰 산돼지.

14) 씨를 뿌리면 싹이 안 나고 마른다는 날.

15) 개미. 개아미, 개암이라고도 한다.

16) 왕개미.

17) 아버지가 사는 집. 여기서는 아버지라는 뜻.

소 오십 마리에 나무 오십 바리를 싣고
돌아오는 길에 사슴이 보이니 둘러 타고 집에 돌아온즉
장자가 깜짝 놀라며 하루 동안은 쉬고 일하라 하니
그때 한락궁이가 어망한테 가서 아방궁 간 곳을 물으니
너 아방은 서천 꽃 감관 김 생원이라
본미가 무엇입니까 하니 내어 주거늘
어멍 전에 소금 닷 되에 가루 닷 되를 놓아서
범벅을 하여 줍서 하고
보따리에 둘러 싸고 천리 길을 가니
장자가 한락궁이 없어진 걸 알고
천리동이 개를 시켜 잡아 오라 하니
천리동이 개가 가서 한락궁이 잡아 오려 하니
너나 내나 생명이 있는 자니 범벅이나 먹으라 하니
천리동이 개가 범벅 먹어 너무 짜서 천자수 먹으러 나가부니
그 틈에 만 리를 가니
그때 장자가 만리동이 개를 보내고 한락궁이 잡아 오라 하니
만리동이 개가 가서 한락궁이 물어 오려 하니
범벅이나 먹으라 하고 내어 주니
먹고 목이 짜서 만리수 먹으러 나가부니
그 틈에 한락궁이 억만 리 길을 가니
그때 헌 집 고치는 데 있으니 거기 들고 묻기를
서천 꽃밭을 어디로 가느냐 물으니
여기서 우리와 같이 연삼년 일을 하면 알려 주마 하니
연삼년 있은 후에 다시 물으니

가당 보면 발똥 뜰 물[18]이 있고
적음턱이 뜰 물[19]이 있으니 넘어가라 하니
가다가 이 물을 넘어가니 까마귀 일곱 마리 울엄거늘
너희들이 어찌하여 우느냐 너희들이 무얼 먹고 사는가
칠성왕 까마귀가 벌레 먹고 삽니다 하니
벌레를 잡아 내어 주고 서천 꽃밭 가는 길을 물으니
신녀 세 사람이 울고 있을 터이니 물어보라 하거늘
과연 기나 가고 보니 삼 신녀가 울고 있으니
어떤 신녀길래 우느냐 물으니
우리는 옥황신녀온데 죄를 지어 벌어진 동이에 물을 잉어 오라 하여
못 잉어 가고 울고 있습니다 하니
한락궁이가 마의정당 쒜정당을 걷어다가[20]
얽어매어 송진으로 막아서 물을 길어 주고 서천 꽃밭을 물으니
같이 가다가 이곳이 서천 꽃밭입니다 하고 가 버리니
꽃밭으로 기집아해들이 와서 꽃에 물을 주고 있거늘
여아에게 꽃 감관 있는 곳을 물으니
꽃 감관이 찾아와서 너는 어떤 인간이냐
어찌하여 여기 왔느냐 물으니
아방궁 꽃 감관 김 생원을 찾고 왔습니다
그러하면 어멍은 누구이냐, 원강부인입니다

---

18) 발등이 겨우 젖을 물.
19) 겨드랑까지 찰 물.
20) 마의정당은 마 덩굴, 쒜정당은 칡덩굴. 정당은 댕댕이덩굴의 제주 말.

본미는 무엇이냐, 네 여기 있습니다 하고 내어 놓으니
본미를 맞추어 보니 부자가 분명커늘 반갑고 놀래며
네가 올 때 구경한 일을 말하라 하니 올 때 일을 죄다 말한즉
발등 뜨는 물과 겨드랑이 뜨던 물은
너 어미 죽어서 원한 깊은 눈물이라
네가 여기 찾아올 때 네가 없어지니 장자가 네 에미를 죽였다 하니
한락궁이 이 말 듣고 슬프고 분하여 원수 갚을 길을 생각타가
이 꽃들은 무슨 꽃입니까, 아방궁에 물으니
이 꽃은 사람 죽이고 살리는 꽃이라 한즉
꽃 사령에게 꽃을 일일이 가르쳐 달라 하고
도환생꽃,[21] 웃음 웃는 꽃, 싸움하는 꽃
악심하여 멸망하는 꽃 일일이 꺾어 놓고
금세상으로 나갔다가 다시 오리다 하고
부왕께 작별한 후 주인 장자 집에 돌아오고 본즉
장자 말이, 네가 백록사슴 잡아 온다 하고
수년을 돌아오지 아니하니 너 같은 놈 죽이리라 하니
한락궁이 말이
백록사슴 찾아오려 한 것이 서천 꽃밭까지 갔습니다
가고 본즉 한 번 보면 천년 살고
두 번 보면 만년 사는 꽃을 구하여 왔습니다 하니
그러하면 그 꽃을 내어 보이라 하니
장자님 일가친척 모다 모이면 구경시키리다 하니

---

21) 죽은 사람을 도로 살아나게 한다는 꽃.

일가친척 모인 후에 웃음꽃을 내어 놓으니
사람마다 웃음을 참지 못할 때에
싸움꽃을 내어 놓으니 서로서로 쌉다가[22] 쌉고
악심 살인하는 꽃을 내어 놓으니
모다 죽은 후에 말제 딸만 살려서
우리 어머니 죽은 시체 어데 있느냐 물으니
청대밭 속에 있습니다 하거늘
청대밭 속에 나가 보니 죽은 뼈만 남아 있고
이마에는 동백낭이 나서 있고 뱃동에는 오동낭이 나서 있거늘
뼈 오를 꽃을 넣으니 뼈가 서로 연접하고
고기 오를 꽃을 넣으니 살 피에 오르고
피 오를 꽃, 오장육부 생기는 꽃 넣고
옥황께 기도한 후 물종낭 회초리로 세 번 치니
깜짝 놀라서 도환생 되니라
어머니 말이, 가련한 내 아기 이게 어찌 된 일고 물으니
저저한 내력 다 말하고
어머니 죽은 시체 이마에 동백이 나고
뱃동이 오동낭기 나옴은 무슨 까닭입니까 물으니
나 이마에 동백낭은 열매여랑 기름 빠서
금세상 여자 머리에 바르고
설이 죽은 나 뱃동에 오동낭은 끊어다가
어멍 죽은 아들 방정대[23]하련 나왔저 하니

---

22) 싸우다가.

한락궁이 탄복하고
어머님을 따라서 서천 꽃밭에 가니 아방궁이 기특하다 칭찬하고
나는 살아서 서천 꽃밭 대왕이 되고 너는 꽃 감관이 되라 하여
생불꽃, 환생꽃, 유을꽃 차지하며
십오 세 전에 죽은 혼은 이 꽃밭으로 올라가게 합니다
아기 못 낳는 사람 장명함을 원하는 사람 기도하는 꽃입니다

---

23) 상주들이 짚는 지팡이.

창세가

하늘과 땅이 생길 적에 미륵님이 탄생한즉
하늘과 땅이 서로 붙어 떨어지지 아니하소서

하늘은 북개꼭지[1]처럼 도드라지고
땅은 네 귀에 구리 기둥을 세우고
그때는 해도 님이요 달도 님이요
달 하나 띄워서 북두칠성 남두칠성 마련하고
해 하나 띄워서 큰 별을 마련하고
잔별은 백성의 직성별[2]을 마련하고
큰 별은 임금과 대신별로 마련하고

미륵님 옷이 없어 짓겠는데 가음이 없어
이산 저산 넘어가는 배달가는[3] 칡을 파내어 익혀 내어
하늘 아래 베틀 놓고 구름 속에 잉아 걸고
들고 짱짱 놓고 짱짱 짜 내어서

■ 함경도에서 많이 불린 서사 무가이다.
1) 가마솥 뚜껑.
2) 사람의 운명을 맡았다는 별.
3) 뻗어가는.

칡장삼을 마련하니

전필全正이 지개요 반 필이 소맬러라

다섯 자이 섶일레라 세 자이 깃일레라

머리 고깔 지을 때는 자 세치를 떼치어 지은즉은

눈 무지도[4] 아니 내려라

두자 세치를 떼치 내어 머리 고깔 지어내니

귀 무지도 아니 내려와 석자 세치 떼치 내어

머리 고깔 지어내니 턱 무지에를 내려왔다

미륵님이 탄생하여

미륵님 세월에는 생화식[5]을 잡수시와

불 아니 넣고 생낟알을 잡수시와

미륵님은 섬두리로 잡수시와 말두리도 잡숫고 이래서는 못 할러라

내 이리 탄생하여 물의 근본 불의 근본

내밖에는 없다 내어야 쓰겠다

풀메뚜기 잡아내어 스승틀[6]에 올려놓고

석문 삼치[7] 때리 내어

여봐라 풀메뚝아 물의 근본 불의 근본 아느냐

풀메뚜기 말하기를 밤이면 이슬 받아먹고

낮이면 햇발 받아먹고 사는 짐승이 어찌 알랴

---

4) 눈 근처까지도.
5) 불에 익히지 않은 음식.
6) 형틀.
7) 세 차례 매를 치며 심문함.

나보다 한 번 더 번지 본 풀개고리를 불러 물으시오
풀개고리를 잡아다가 석문 삼치 때리시며
물의 근본 불의 근본 아느냐
풀개고리 말하기를 밤이면 이슬 받아먹고
낮이면 햇살 받아먹고 사는 짐승이 어찌 알랴
내보다 두 번 세 번 더 번지 본
새앙쥐를 잡아다 물어보시오
새앙쥐를 잡아다가 석문 삼치 때리 내어
물의 근본 불의 근본 아느냐
쥐 말이, 나를 무슨 공을 시법 주겠습니까[8]
미륵님 말이, 너를 천하의 두지[9]를 차지하라 한즉
쥐 말이, 금강산 들어가서
한 짝은 차돌이여 한 짝은 시우쇠요 툭툭 치니 불이 났소
소하산 들어가니 삼취 솔솔 나와 물의 근본
미륵님 수화 근본을 알았으니 인간 말 하여 보자

옛날 옛 시절에 미륵님이
한짝 손에 은쟁반 들고 한짝 손에 금쟁반 들고
하늘에 축사祝詞하니 하늘에서 벌기 떨어져
금쟁반에도 다섯이요 은쟁반에도 다섯이라
그 벌기 자라 와서

---

8) 도술로써 권한을 주겠습니까.
9) 뒤주.

금벌기는 사나이 되고 은벌기는 계집으로 마련하고
은벌기 금벌기 자라 와서 부부로 마련하여
세상 사람이 낳았어라
미륵님 세월에는 섬두리 말두리 잡숫고
인간 세월 태평하고 그랬는데 석가님이 나와 서서
이 세월을 앗아 뺏자고 마련하와
미륵님의 말씀이
아직은 내 세월이지 네 세월은 못 된다
석가님의 말씀이
미륵님 세월은 다 갔다 인제는 내 세월을 만들겠다
미륵님의 말씀이
너 내 세월 앗겠거든 너와 나와 내기 시행하자
더럽고 축축한 이 석가야
그러거든 동해 중에 금병에 금줄 달고
석가님은 은병에 은줄 달고
미륵님의 말씀이
내 병의 줄이 끊어지면 너 세월이 되고
너 병의 줄 끊어지면 너 세월 아직 아니라
동해 중에서 석가 줄이 끊어졌다

석가님이 내밀었소아
또 내기 시행 한 번 더 하자
성천강 여름에 강을 붙이겠느냐
미륵님은 동지채[10]를 놀리고

석가님은 입춘채[11]를 놀리소아
미륵님은 강이 맞붙고 석가님이 졌소아

석가님이 또 한 번 더 하자
너와 나와 한방에 누워서 모란꽃이 모랑모랑 피어서
내 무릎에 올라오면 내 세월이요
네 무릎에 올라오면 네 세월이라
석가는 도적 심사를 먹고 반잠 자고
미륵님은 한잠을 잤다
미륵님 무릎 위에 모란꽃이 피어 올랐소아
석가가 중동사리로 꺾어다가 제 무릎에 꽂았다
일어나서, 축축하고 더러운 이 석가야
내 무릎에 꽃이 피었음을 네 무릎에 꺾어 꽂았으니
꽃이 피어 열흘이 못 가고 심어 십년이 못 가리라

미륵님이 석가의 성화를 받기 싫어
석가에게 세월을 주기로 마련하고
축축하고 더러운 석가야
네 세월이 될라치면 쩌귀마다 솟대 서고
네 세월이 될라치면 가문마다 기생 나고
가문마다 과부 나고 가문마다 무당 나고

---

10) 동지 절기의 추위.
11) 입춘 절기의 추위.

가문마다 역적 나고 가문마다 백정 나고
네 세월이 될라치면 삼천 중에 일천 거사 나느니라
세월이 그런즉 말세가 된다

그러던 삼일 만에 삼천 중에 일천 거사 나와서
미륵님이 그적에 도망하여
석가님이 중이랑 데리고 찾아 떠나서 와
산중에 들어가니 노루 사슴이 있소아
그 노루를 잡아내어 그 고기를 삼십 꽂을 끼워서
차산此山 중 노목을 꺾어 내어 그 고기를 구워 먹어라
삼천 중 중에 둘이 일어나며 고기를 땅에 떨어뜨리고
나는 성인 되겠다고 그 고기를 먹지 아니하니
그 중들이 죽어 산마다 바위 되고 산마다 솔나무 되고
지금 인간들이 삼사월 당진當進하면
새앵미[12] 녹음에 꽃전놀이 화전놀이 한다

---

12) 신령에게 제사 지내려고 깨끗하고 좋은 쌀로 지은 메밥.

옥단춘의 노래

춘아 춘아 옥단춘아 네 집으로 구경 가자
앞뜰에는 꽃밭이요 뒤뜰에는 연못이라

꽃밭에는 나비 날고 연못 속엔 초당일세
초당문을 열고 보니 오리 한 쌍 놀고 있네

상청 하청 돌고 돌아 부용당에 당도하니
예쁜 색시 앉았길래 고운 뺨을 만져 봤네

쟁경쟁경 풍경 소리 상하청을 뒤집길래
봉당 돌아 내려오니 석류 한 쌍 열려 있네

석류 한 쌍 열렸길래 한 개 따서 맛봤더니
봉당 위에 예쁜 색시 눈물지며 울고 있네

석자 석치 무명일랑 담 위에다 걸어 놓고
어서 가소 어서 가소 이 줄 타고 어서 가소

심청 노래

추월은 만정滿庭한데 산호주렴 비쳐들 제
중천의 기러기는 월하에 높이 떠서
투루르 울음을 울고 가니
심 황후 기가 막혀 기러기 불러 말을 한다
오느냐 저 기력아
소중랑蘇中郎[1] 북해상北海上에 편지 전턴 저 기럭아
불승청원不勝清怨을 못 이기어 울고 가는 기러기야
도화동[2]을 네 가거든
안맹하신 우리 부친 전에 편지 일 장 전코 가렴
편지를 쓰랴 하고 방으로 들어가서
필연을 담겨 놓고 편지를 쓰랴 할 제
한 자 쓰고 한숨짓고 두 자 쓰고 눈물지니
눈물이 떨어져서 글자마다 수묵이 지니
언어가 도착倒錯[3]이요
편지를 써서 기운 없이 들고

---

1) 소무蘇武. 소무가 흉노에게 붙들려 있다가 기러기 발에다 편지를 매어 보내 한나라 궁중에 연락
   이 닿아, 십구 년 만에 한나라로 돌아왔다.
2) 심청의 고향 마을.
3) 말의 앞뒤가 뒤바뀜.

창을 짚고 내다보니 기러기는 간곳없고
창망한 구름 밖에 달과 별은 뚜렷이 밝히는데
편지를 내던지고 그 자리에 철썩 앉아
아무도 모르게 설이 운다

토끼 타령

토끼 화상을 그린다 토끼 화상을 그린다
화공을 불러라 화공을 불렀소

그 옛날 황금대에 미인 그리던 환쟁이
대강변 봉황대에 봉새 그리던 환쟁이
능허대 높은 집에 일월 그리던 환쟁이
광풍루 넓은 벽에 산수 그리던 환쟁이

동정 유리洞庭琉璃 청홍연[1] 금수파錦水波 거북 연적
오징어로 먹을 갈아 양두화필兩頭畵筆[2] 덤벅 풀어
백릉 설화 간지[3] 상에 이리저리 그린다

천하명산 승지 간에 경개 보던 눈 그리고
난초 지초 온갖 화초 꽃 따 먹던 입 그리고
봉래蓬萊 방장方丈[4] 운무 중에 내 잘 맡던 코 그리고

■ '수궁가'에서 화공을 시켜 토끼의 화상을 그리는 장면을 노래한 것이다.
1) 동정호, 유리창에서 파는 푸르고 붉은 빛이 도는 좋은 벼루.
2) 붓 이름.
3) 종이 이름. 백릉은 흰빛의 얇은 비단. 간지는 두껍고 품질 좋은 편지지.

두견 앵무 지저귈 제 소리 듣던 귀 그리고
만화방창萬化方暢 화림花林 중에 뛰어가던 발 그리고
엄동대한 설한풍에 백설이 펄펄 휘날릴 제
방풍防風하던 털 그리고
신농씨[5] 백초야에 이슬 떨던 꼬리 그려

두 귀는 쫑긋 두 눈은 도리도리
꽁지는 모똑 앞발은 잘록
뒷발은 깡충 허리는 늘씬
좌편은 청산이요 우편은 녹수인데
녹수청산 깊은 골에 계수나무 그늘 속에
들락날락 오락가락 앙금조춤 섰는 모양
산중토山中兔 화중토花中兔 아미산월蛾眉山月에 반륜토半輪兔[6]가
여기서 더할쏘냐

쏼쏼 그려 내던지며
옛다, 별주부야 너 받아라
네가 가지고 가거라

---

4) 봉래산, 방장산. 신선이 산다는 산 이름.
5) 중국 태곳적에 농사를 처음 가르치고 의약을 처음 만들었다고 한다.
6) 이백의 시 '아미산월가蛾眉山月歌'의 첫구절인 '아미산월반륜추蛾眉山月半輪秋'를 살짝 바꿔
   아미산 위에 뜬 반달 속 토끼라고 했다.

장끼 타령

세상천지 동물 중에 장끼 근본 들어 보소
대홍 대단 겉마기 주홍 띠 눌러 띠고
초록 동정 시쳐 달고 머리 곱게 빗고 날아드니
장한 태도가 어리었구나
까투리 거동 보소
흑공단 겉마기에 주홍 띠 눌러 띠고
아홉 아들 열두 딸을 앞서거니 뒤서거니
층암절벽 깊은 골에 어서 가자 바삐 가자
풍거같이 몰이를 갈 제
이때 마침 어느 때냐 동지섣달 분명쿠나
건너 동산 내려가니
난데없는 몰이꾼은 예서 우여 제서 우여
내 잘 맡는 사냥개는 이리 꿀꿀 저리 꿀꿀
떡갈잎을 덜쳐갈 제 살아나갈 길이 바이없구나
죽을 곳을 벗었으나 건너 안뜰 돌아드니
백설은 분분한데 난데없는 붉은 콩알
백설 위에 덩그랗게 놓였거늘 에그 그 콩 소담하다
까투리 하는 말이 여보 그 콩 먹지 마오
입으로 호호 불고 비로 살살 쓸었으니

인간 자취가 완연하외다

장끼란 놈 하는 말이

네 몰랐다 네 몰랐다 내 이를 게 들어 봐라

옛날 옛적 어떤 왕은

콩 한 섬을 상급하여 주린 백성을 살렸는데

나도 그 콩 달게 먹고 하늘 높이 승천하여

태을선관이 되었으면 근들 얼마나 좋을쏘냐

까투리 하는 말이

지난밤 삼사경에 꿈 하나를 얻어 보니

백관을 높이 쓰고 만경창파에 빠졌으니

당신 죽을 꿈이 분명하외다

장끼란 놈 듣지 않고 그 콩 먹으러 들어간다

반달 같은 주둥이로 한번 물고 지끗 채니

침상 위에 치는 소리 넓은 골에 지동 치듯

좁은 골에 벼락치듯 와지끈 뚝딱 치었구나

까투리 달려들어 자서히 살펴보니

두 눈에 피가 돌고 사지육체를 바르르 떠니

털 한입을 뜯어 물고 백사장 세모래 밭에

내리굴구 치굴면서 죽었구나 죽었구나

우리 낭군이 죽었구나 우리 낭군이 죽었구나

우리 나라 가요에 대하여

　우리 나라 가요는 오랜 전통을 가지고 있다.

　아득한 옛날부터 우리 인민은 노동을 즐겨하였을 뿐 아니라 노래도 좋아하였다. 고구려에서는 해마다 10월에 가을걷이가 끝나면 남녀노소가 한데 모여 흥겹게 노래를 부르고 춤을 추었는데 그것을 '동맹東盟'이라고 하였다. 예濊의 '무천舞天'과 부여의 '영고迎鼓'들도 다 제천 의식으로서 수많은 사람들이 한데 모여 노래도 하고 춤도 추면서 즐기었다. 이러한 노래와 춤은 당시 인민들의 노동에 대한 기쁨과 행복에 대한 지향을 반영하는 것으로 볼 수 있다.

　고대 인민들의 생활은 노래와 깊이 연결되어 있다. 노래 자체가 노동 속에서 태어났으며 인민들은 노동을 통하여 삶을 개척하고 거기서 희열을 찾았다. 집단 노동과 군중 행사 등에는 낙천적이며 씩씩한 노래들이 불렀다.

　산 좋고 물 맑은 아름다운 강토에서 노동과 생활을 즐기며 부른 옛 조상들의 노래 속에 우리 민족 문학과 예술은 깊이 뿌리를 내렸으며 오늘에 이르기까지 줄기차게 흘러 내려왔다.

　오랜 역사를 거쳐 인민들이 창조한 우리 가요에는 자주적이며 창조적인 생활을 지향하여 벌여 온 우리 인민들의 투쟁과 생활이 진실하게 담겨 있다.

　고대에는 수많은 인민 창작들이 있었으며 가요는 그 가운데서 중요한 자리를 차지하였다. 그러나 우리 글자가 없었으므로 원형 그대로 전해지지 못하고 한자로 기록되어 전해졌는데 그 수가 매우 적다.

봉건 지배층은 인민 가요를 천시하였다.

고구려 가요 '내원성', '연양', '명주곡'과 백제 가요 '선운산', '무등산', 신라 가요 '여나산' 들은 당시 인민들 속에 널리 불렸던 노래들이다. 그러나 봉건 지배층은 '속되고 상스러운 노래'라고 하여 의식적으로 없애 버렸다. 내용은 전하지 않고 노래 이름만 전하는 것이 40여 편이 된다.

신라 진성 여왕과 조선 연산군은 인민들이 노래로 왕을 비방한다고 하여 탄압하였으며 연산군은 한글을 쓰는 것까지 금지하였다.

888년에 《삼대목》이라는 향가집이 편찬되었다는 기록이 있으나 전하지 않으며 그 후 600여 년 동안 민간 가요는 한 번도 수집, 정리되지 못하였다. 15세기 중엽부터 16세기 초에 걸쳐 일부 음악가들과 학자들이 《악학궤범》, 《악장가사》, 《시용향악보》 같은 음악 서적을 편찬하였는데, 그 가운데 고대 가요 몇 편이 실려 있다.

15세기 중엽에 《용비어천가龍飛御天歌》, 《월인천강지곡月印千江之曲》과 같은 지배층의 사상 감정을 반영한 시가들은 여러 차례 출판되었으나 인민 가요는 관심조차 받지 못했다.

16세기 이후에도 인민들이 창작한 가요들은 여전히 천시되어 제대로 수집, 정리되지 못했고, 한 번도 집대성할 기회를 가지지 못하였다.

우리 나라 고전 가요들은 14세기 이전과 이후로 나누어 살펴볼 수 있다.

14세기 이전 가요는 현재 전하는 것만 보아도 내용이 매우 다양하다. '영신가迎神歌'처럼 고대 인민들의 노동 생활과 건국 신화가 결합된 것이 있는가 하면 '동동'처럼 일 년 열두 달의 소박한 농민 생활이 노래 속에 흐르는 것도 있고, '정읍사'와 같이 여인의 애정이 넘쳐흐르는 노래도 있다. '공후인'에서는 죽은 남편을 따라 물에 빠지는 여인을 통하여 부부간의 애정을 잘 보여 주고 있다.

고려 때 가요들은 내용이 더한층 풍부하며 아름답다. '청산별곡', '서경별곡'

같은 절가 형식의 가요에는 당시 인민들의 굳건하면서도 다정다감한 생활 감정이 넘쳐나고 있다. 그리고 한자로 번역된 고려 가요 중에도 당시 인민들의 선량한 성품과 근면한 생활, 간절한 염원 들이 반영되어 있다.

《삼국유사》와 같은 문헌을 통해 전하는 참요들에는 당시 사회 경제 제도와 통치자들에 대한 인민들의 강한 비판과 저주가 담겨 있다.

14세기 이후 가요는 내용을 크게 사회 정치에 관한 것과 노동에 관한 것, 그리고 생활 일반에 관한 것 들로 나눌 수 있다.

사회 정치를 반영한 가요 가운데는 외래 침략자를 반대하는 내용과 봉건 통치배를 반대하는 내용이 가장 큰 비중을 차지하고 있다.

외적이 조국을 짓밟을 때마다 우리 인민들은 용감무쌍하게 싸워 적을 물리쳤으며 투쟁 과정에서 애국적인 내용을 담은 노래들을 지어 불렀다.

일상적으로 인민들을 괴롭히는 것은 봉건 통치배들과 양반들이다. 인민들은 통치자들과 오랫동안 투쟁해 왔으며 그 과정에서 수많은 노래들을 지어 불렀다.

참요에는 통치배들의 죄행과 부패상을 풍자적으로 폭로하고 어떤 사변이 닥칠 것을 예언하는 내용을 담았으며 19세기 후반에는 계몽 가요를 통하여 애국 계몽 사업을 반영하였다.

노동가요는 우리 나라 인민 가요의 기둥을 이루고 있으며 노래 수도 가장 많다. 노동가요는 노동의 종류와 노동하는 사람에 따라 여러 가지 형태로 다양하게 발전했지만 가장 중심되는 것은 농사 노래이다. 농사 노래는 농사 일반에 대한 노래뿐 아니라 씨를 뿌려 모를 가꿀 때부터 가을걷이를 하여 탈곡할 때까지 모든 공정들을 담고 있다. 그중에도 '모내기 노래'나 '김매기 노래'는 가짓수가 많고 내용도 풍부하다.

여성 노동가요로는 길쌈 노래가 가장 발전하였다. 물레 노래, 베틀 노래, 삼삼기 노래 들은 가락과 가사가 다양하다. 여성 노동가요의 공통된 특징은 사사조 가락이 많고 유창하다는 것이며 그중에는 긴 이야기를 조용한 가락에 태워 펼쳐 나가는 것도 있다.

노동가요 가운데는 뱃노래도 수가 많으며 가락이 아름답다. 사나운 바다와 싸우며 일하는 뱃사람들의 노래라 힘차면서도 멋들어지며 낙천적인 분위기가 풍긴다.

'풀무 노래', '달고 소리', '톱질 노래' 들은 수공업과 관련된 노래이다. 쇠를 다루고 건축물을 일떠세우는 내용을 담고 있어 노래들은 구절구절 힘이 있고 호흡이 거세차다.

생활 일반에 관한 가요에는 부녀 가요, 민속 가요. 애정 가요, 세태 가요, 서사 가요, 자연에 대한 가요, 동요 들이 속한다.

부녀 가요에는 봉건 제도 아래에서 이중 삼중으로 고통받으며 살았던 여인들의 삶이 담겨 있다. 제한된 삶 속에서도 우리 여인들은 생활을 사랑하고 부모를 받들고 금이야 옥이야 아이들을 길렀으며 부닥친 고통을 조용히 참아 나갔다. 이런 생활에서 우러나온 노래이므로 부녀 가요는 구속에서 벗어나려는 마음을 담고 있으면서도 그 정서가 소박하고 조용하다.

생활 일반에 관한 가요들은 정치 가요보다 사상성이 강하지 못하고 노동가요처럼 집단정신이 담겨 있지는 않지만, 당시 시대상이 소박한 말과 가락 속에 잘 반영되어 있다.

정형시 형식의 가요로서 가장 오래된 것은 향가이며 향가에는 4구체 향가, 8구체 향가, 10구체 향가가 있다. 그 가운데서 가장 완성된 형식을 갖춘 것은 10구체 향가이다. 10구체 향가는 마지막을 이루는 종장 첫머리에 감탄사가 있는 것이 특징이다.

14세기에 많이 창작된 경기체 가요는 노래 끝에 '경 긔 어떠하니잇고'라는 후렴을 다는 것이 특징이다.

우리 나라 가요 형식에서 또한 지배적인 것은 민요 형식이다.

민요 형식은 종류가 수없이 많을 뿐 아니라 특정한 규범이 없으며 주로 가락에 맞추어 불렀다. 그러므로 민요 형식의 노래에는 음절 단위의 율조들이 중요한 역할을 한다.

우리 말의 특성에 따라 3음절을 단위로 한 삼삼조와 2음절의 결합을 단위로 한 사사조는 우리 나라 가요 운율의 기본을 이루고 있다.

삼삼조와 사사조는 서로 넘나들기도 하고 엇바뀌기도 하면서 각양각색의 다양한 조화를 이루어 수다한 율조를 탄생시켰으며 그 율조들은 수많은 민요 가락을 이루고 있다.

우리 민족의 가요 유산을 올바로 계승 발전시키기 위해서는 옛날 가요들이 가지고 있는 시대적 제약성과 부족점 들을 정확하게 인식하여야 한다.

고가요는 오랜 옛날에 창작되었으므로 시대적 제약성이 많다. 고가요 중에서 민요 성격을 띤 노래들은 인민의 의사와 생활 감정이 적지 않게 반영되어 있지만, 향가, 경기체 가요, 신앙 가요 들에는 부정적인 요소가 강하다.

《삼국유사》에 수록된 향가들은 불교 색채가 짙다. 그중에도 '원왕생가' 나 '도솔가' 는 불교를 신비화하고 있다. 균여의 향가는 불교 사상이 《삼국유사》의 향가보다 더 강하다. 그것은 작가인 균여가 중일 뿐 아니라 향가 자체가 불교를 알리려는 목적으로 씌어졌기 때문이다.

경기체 가요는 봉건 유교 사상이 강하게 반영된 가요로 양반 벼슬아치들과 유생들의 풍류 생활은 있어도 인민의 정서와 감정은 들어 있지 않다. 대표작이라 할 수 있는 '한림별곡' 에는 중국 서적들의 이름이 나열되어 있는가 하면 온갖 술 이름이 나열되어 있다. 이 노래도 정형시로서 형식미를 갖춘 데만 문학사적 가치가 있다.

14세기 이후 가요들에도 시대적 제약성에서 오는 결함들은 수많이 나타나고 있다.

노동가요들 중에도 '국태민안' 이니 '시화연풍' 이니 하고 당시 불합리한 봉건 사회 제도를 찬양한 것이 있는가 하면, 임금을 섬기며 '국곡' 을 먼저 바치자고 강조한 것들도 있다. 봉건 통치배들이나 봉건 제도를 바로 보지 못하였을 뿐 아니라 그것을 지지하고 찬양하였던 것이다.

부녀 가요나 신세를 한탄한 노래들에는 당시 인민들이 겪는 모든 불행을 '팔자소관'으로 돌리면서 체념한 노래들이 많다. 현실의 고통을 뼈가 저리도록 느끼면서도 고통의 원인을 불합리한 사회 제도에서 찾은 것이 아니라 죄 없는 자신한테서 찾은 것이다.

생활의 고통을 견디기 어려웠던 일부 사람들은 신을 믿고 '다음 세상'을 믿었으며 '신령'이 복을 가져다 줄 것을 바랐다. 서사 가요의 '이공 본풀이'나 '창세가'와 같은 가요들은 당시 생활 풍속, 종교와 미신을 아는 데 참고가 된다.

세태 가요란 병들고 허물어져 가는 시대상을 나타낸 가요로서 그 속에 울분도 있고 비탄도 있고 반항 정신도 살아 있기는 하지만, 적지 않은 노래들이 자포자기에 흐르거나 저속한 감정을 반영하고 있다.

이밖에도 옛날 가요에는 과학성이 부족하고 지나친 과장과 유형화된 감정들이 진실성을 잃게 하는 등 여러 가지 결함과 부족점들이 있다.

우리는 지난날의 가요 유산을 역사주의 원칙과 현대성의 원칙에 튼튼히 서서 하나하나 따져 보며 긍정적인 측면들을 적극 발양시켜야 할 것이다.

《가요집》은 고대부터 19세기 말까지 우리 나라 가요를 정리 편찬한 것이다.

가요란 가락에 맞추어 부르던 노래를 통틀어 이르는 말로 옛날에는 '가歌'와 '요謠'를 나누어 '가'는 음악과 함께 부르는 노래, '요'는 음악 없이 부르는 노래로 해석하기도 하였다. 이 해석도 가요라는 말이 포괄하는 범위가 매우 넓다는 것을 말해 준다. 가요는 노래라는 말과 거의 같은 뜻으로 씌었다.

이 《가요집》은 고대부터 전해 내려온 우리 나라 가요들 가운데서 사상성이 높은 것, 인민들의 생활이 잘 반영되어 있는 것, 민족 정서가 풍부한 것, 시대상이 반영되어 있는 것, 형식미가 갖추어져 있는 것 들을 가려 뽑았다.

궁중에서 부르던 '아악'이나 봉건 통치배들이 부르던 노래는 제외하고 인민들이 직접 지어 부른 노래들을 기본으로 하여 인민들의 사랑을 받으며 인민들 속에 유포되던 노래들을 되도록 많이 수록하였다.

고대 가요는 기준을 딜리하였다. 고가요는 그 시대의 가요 형식, 언어, 시대상들을 이해하는 데 필요한 문헌적 가치가 있으므로 인민이 직접 부른 노래가 아닌 것들도 수록하였으며 종교 관습과 봉건 유교 사상에 기초하고 있는 가요들도 수록하였다. 그러나 인민의 삶과 많이 어긋나는 가요들, 곧 균여가 지은 향가의 많은 부분과 여러 편의 무당 노래와 일부 참요 들은 제외하였다.

또한 고려 때 시인 이제현이 쓴 '악부시' 들은 수록하였다. 이제현이 쓴 악부시들은 자기 시상을 가지고 쓴 시라기보다 당시 민간에 널리 퍼져 있는 민요들을 그대로 번역한 것이기 때문이다.

여러 문헌들에 실려 있는 참요는 특별히 다루었다. '참요' 라는 말 자체가 비과학적이며 내용이 매우 모호한 것들도 많으나 그 노래들이 다 지배 계급과 불합리한 사회 제도에 대한 인민들의 비판 정신을 반영하고 있기 때문이다.

중세 가요에는 한자가 수없이 많으며 봉건 유교 사상이 많이 반영되어 있으나 그런 가요들도 역사적으로 가치가 있어 수록하였다. 민간 신앙과 관련된 무당 노래도 당시 사회를 이해하는 데 참고하기 위해 몇 편을 수록하였다.

19세기 후반 망국의 비운을 반영한 세태 가요들도 그 시대상을 반영하여 나온 것이라는 뜻에서 수록하였다.

가요의 분류는 시대순에 따른 분류 방법과 내용에 따른 분류 방법을 함께 사용하였다.

고대부터 14세기 말까지의 고대 가요는 크게 시대순으로 분류하고 그 안에서 표기 수단을 가지고 다시 분류하였다.

14세기 이후 가요들은 내용에 따라 분류하였다. 이 시기에는 이두로 표기된 가요는 없고 한자로 번역된 가요들이 있기는 하나 한글이 제정된 다음에 한자로 번역된 가요란 별로 의의가 없으므로 취급하지 않았다. 다만 참요만은 한자로 번역된 것을 포함시켰다.

가요는 되도록 중복을 피하였으나 긴 가요의 한 부분이 다른 가요의 한 부분과 같다든가 서로 비슷하나 다른 특색을 가지고 있는 가요들은 양쪽을 다 보여 주었다. 표기 방법은 현행 철자법을 기본으로 하면서도 고가요는 옛 표기들을 그대로 두었으며, 가요의 특성을 살리기 위하여 사투리, 와전된 말 들을 그대로 두었다. 진달자의 잘못이나 잘못된 기록으로 뜻이 통하지 않거나 반대로 되는 것들은 바로잡았다. 가요의 해제나 주석은 되도록 간단히 달았다. 한자로 번역된 가요나 이두로 표기된 가요는 내용을 이해하는 데 도움을 주려고 노력하였으며 한자나 이두의 해독에는 관심을 돌리지 않았다. 사연이 있는 노래들은 되도록 그 사연을 밝혔으며 일부 가요들은 그 가락에 대해서도 설명을 하였다.

사투리는 내용을 이해하지 못할 만큼 심한 것이 아니면 주석을 달지 않았으며 문법이 틀리거나 말이 앞뒤가 맞지 않는 것도 내용을 이해할 수 있는 정도면 주석을 달지 않았다. 모르는 말들도 그대로 두었다.

우리 나라 가요의 정리와 편찬은 앞으로 더 널리 연구하여 계속 완성해 나가야 할 것이다.

1. 고가요

고가요는 상고 시대부터 14세기 말까지 포괄하는 고조선, 고구려, 백제, 신라, 고려의 가요들이다.

고대와 중세에 걸친 오랜 기간 동안 우리 인민들은 수많은 노래를 불렀을 것이다. 그러나 표기 수단이 불충분하고 여러 차례 전쟁을 겪었으며 지배층들이 민간 가요를 천대하고 말살한 결과 지금까지 전해 내려온 것은 매우 적다. 고대 인민들의 생활을 반영한 노래들, 민족 자주 의식이 강한 고구려 인민의 노래들은 거의 전해지지 않으며 인민성이 풍부한 노동가요들과 서정 가요들은 수가 많지 않다.

고대 가요는 주로 세 가지 표기 수단으로 전한다. 한자로 번역된 것과 이두로 기록된 것, 그리고 국문으로 기록된 것이다. 13세기에 들어와서 한자와 이두와

국문이 섞인 '경기체 가요'라는 특수한 가요가 생겨 났다.

한자로 번역된 가요들은 가요의 말마디나 운율을 제대로 전달하지 못하고 그 뜻만을 나타내고 있으며 그마저도 매우 불충분하다. 고려 말 이제현이 번역한 '악부시'들을 제외하고는 번역자와 번역 연대마저 알 수 없으며 대체로 역사 서적이나 기타 문헌들에 인용문 형태로 들어 있기 때문에 당시 가요의 전모를 알 길이 없다.

한자로 번역된 가요들은 내용을 두 가지로 분류할 수 있다. 하나는 인민들의 노동과 생활을 노래한 민요이며 다른 하나는 참요이다. 참요란 주로 정치적인 성격을 띤 노래로, 옛사람들은 참요가 예언적인 노래이며 하늘의 뜻을 반영한 노래라고 생각하였다. 인민들의 공통된 뜻에 의하여 생겨난 참요들은 지배 계급을 제압하고 역사를 추진하는 데 일정한 역할을 하였을 것이다.

이두로 표기한 가요로는 '향가', '추도가', '균여 향가' 세 가지가 있다.

《삼국유사》에 실려 있는 '향가' 14수는 6세기 말부터 9세기 말까지 3백여 년에 걸쳐 씌여진 것이며 그 안에는 백제 가요와 신라 가요가 들어 있고 작가를 밝힌 것도 있으며 안 밝힌 것도 있다. 이처럼 역사에 띄엄띄엄 나오는 산만한 가요들이지만 그중에 공통된 것은 우리 가요가 역사상 처음으로 형태를 갖추고 나타난 것이다. 향가 안에는 4구체 향가 4수, 8구체 향가 3수, 10구체 향가 7수가 있는데 거기에는 다 노래의 전개와 종결, 감탄사 등 공통된 방식과 수법들이 있다.

향가의 내용은 불교를 노래한 것과 화랑 정신을 강조한 것 들이 대부분이며 '풍요', '누이 생각', '관음가' 들에 간접적으로 인민의 의사와 염원이 반영되어 있을 뿐이다. 향가는 시대적 제약성과 《삼국유사》 작가의 불교적 세계관으로 말미암아 그 시기 인민들의 사상 감정을 제대로 표현하지 못하였으나 우리 말로 표기된 첫 정형 가요라는 점에서 중요하다.

'도이장가'와 '균여 향가'는 고려 시기의 가요들이다. '도이장가'는 왕건이 고려 건국 때 전사한 두 장군을 추도하는 뜻을 담은 가요이다. '균여 향가'는 순전히 불교를 노래하는 가요들인데 10구체 향가의 완전한 형식을 볼 수 있다는 점에서 문학사적 의의가 있다.

이두 가요들은 1959년판 조선고전문학선집(1)《고가요집》에 따라 해석하였으며 그 해석을 바탕으로 현대어역을 진행하였다.

국문으로 표기된 가요들은 1446년에 한글이 창제된 다음에 수집 정리된 고가요들로서 그사이에 시간이 너무도 오래 흘렀기 때문에 원 노래의 형태를 거의 알아볼 수 없는 것이 가장 큰 결함이다.

말이란 시대에 따라 끊임없이 변하는 것이며 따라서 가요에 쓰인 말마디들도 끊임없이 변하였을 것이다. 가요의 곡조나 후렴구 같은 것은 비교적 오래 보존될 수 있지만 말과 말을 통하여 표현된 정서나 감정이 변하였으므로 한글로 표기된 고가요들은 고가요의 개략적인 형식과 내용을 알려 주는 역할을 하는 데 지나지 않는다.

한글로 표기된 고가요 중에도 두 가지가 있다. 하나는 1493년에 완성된《악학궤범》과 그와 거의 같은 무렵에 편찬된《악장가사》,《시용향악보》에 실린 고가요들이고, 다른 하나는 18세기나 19세기에 와서 수집된 고가요들이다. 이 둘은 서로 갈라봐야 한다. 15세기경에 수집된 고가요들은 언어 형태나 문헌적 가치로 보아 그래도 비교적 신빙성이 있으며 그중 고려 가요들은 거의 원형에 가깝다고 볼 수 있다. 그러나 18세기 이후에 수집된 고가요들은 고가요의 전통을 이었을 뿐이지 고가요의 원형과는 아득히 먼 것이다.

'경기체 가요'는 한문투며 내용도 봉건 유교 사상을 담고 있어 인민들의 정서와 감정은 거의 들어 있지 않다. '균여 향가'가 불교 교리로 가득 차 있는 가요임에 비하여 '경기체 가요'는 유교 색채로 가득 차 있는 가요이다. 다만 '경기체 가요'를 통하여 우리 나라 시가의 한 형식인 별곡체 가요의 형식과 그 형성 발전을 살펴볼 수 있는 것은 일정한 의의가 있다.

2. 정치 가요

정치 가요란 정치 구조와 사회 제도, 정치 사건들에 대하여 인민 입장에서 노래한 가요들을 의미한다.

오랜 역사를 통하여 인민들은 온갖 사회적 질곡과 모순을 청산하고 자주적이며 창조적인 삶을 살기 위하여 투쟁하였다. 이 과정에 생겨난 노래들은 진정한 조국애와 민족적 양심을 대변하고 있다.

임진 조국 전쟁 당시 우리 인민들이 부른 가요가 많았겠지만 거의 보존되지 못하여 몇몇 노래들만 전하고 있다.

19세기 말 외적들이 침입하였을 때는 우리 인민들이 항전의 기세를 올림과 함께 많은 노래들을 지어서 불렀다. 그중에는 군인들이 부른 노래도 있고 의병들이 부른 노래도 있으며, 민요, 동요들도 많았다. 그러나 그 노래들도 제대로 수집, 보존되지 못하였으며 일제의 식민지 통치 기간에 탄압 정책으로 말미암아 대부분 없어지고 말았다. 그전 시기부터 불려 오던 군가들은 '길군악' 같은 곡조들만 남아 있으며 그 곡조들도 변형이 심하다. 그러나 한때는 나라를 지켜 싸운 군인들이 부른 노래였다는 뜻에서 외래 침략자를 반대한 가요들에 포함시켰다. 외래 침략자와 그 앞잡이를 반대한 민요, 19세기 중엽부터 일어나기 시작한 의병 노래들은 그 수가 많지 않으나 나라를 위하는 마음이 강하게 나타나 있다.

인민들을 탄압, 착취한 세력을 양반, 지주들과 봉건 관료배로 나누어 볼 수 있다. 모두 지배 계급이지마는 사회적 지위가 서로 다르고 탄압, 착취하는 방법과 수단도 어느 정도 달랐다. 18세기, 19세기에 일부 양반들은 온갖 난폭한 수단으로 토지를 그러모아 지주, 토호가 되었다. 봉건 관료들은 주로 국가 권력을 휘둘러서 인민들을 억압하였다.

동요 가운데 양반, 지주와 관료배를 반대한 노래들을 여기에 한데 묶었다.

다음에는 정치 가요로서 개화 운동을 반영한 가요들을 다루었다. 세계 여러 나라들과 수호 조약이 체결되면서 근대화 과정을 촉진하기 위하여 일어난 개화 운동은 사람들에게 민족적 자각과 향학열을 불러일으켰다. 개화 운동과 함께 발생한 노래들도 애국적이며 건전한 것이 많다.

그 다음은 '참요'를 실었다. 참요는 후세에 와서 한자로 기록된 것과 한글로 표기된 것 두 가지로 나누었는데 한자로 번역된 것은 대개 역사 문헌이나 기타 문헌들에 실려 있는 것이며 한글로 표기된 것은 구전 가요들이다. 참요가 예언 적인 노래로 인정된 것은 과학적이라고 말할 수 없으나 그 안에는 인민의 지향 과 의지, 인민의 염원이 들어있으며 당시의 통치자나 지배 계급에 대한 강한 비 판과 증오가 들어 있으므로 정치 가요의 성격을 띠고 있다.

3. 세태 가요

세태 가요에는 인정세태를 반영한 노래를 실었다. 이 노래들은 울분에 차 있 기도 하고 비애에 젖어 있기도 하고 자포자기로 흐르기도 하고 저속한 생활 속 에 말려들기도 하였다.

일부 저속하고 불건전한 것이 있으나 그것도 망국의 비운을 눈앞에 보면서 살 아가는 초조하고 불안한 인민들의 심정을 반영하고 있다. 인민들은 팔자가 기 구해서 고생살이를 면치 못한다고 팔자타령도 하였으며 또한 자기들에게 불행 을 들씌운 자들을 원망도 하고 저주도 하였다. 그러므로 신세 한탄과 원망하는 노래들을 한데 묶었다.

세태적인 타령은 주로 19세기 말경에 불린 인정세태를 반영한 타령들이다. '타령'이란 말은 포괄 범위가 매우 넓어 장편 가사나 시조를 제외한 거의 모든 노래를 타령이라고 말하기도 하나, 여기서는 노래 이름에 타령으로 밝혀진 것 과 가사나 가락이 오래 전부터 타령으로 다루어진 것만 포함시켰다. '아리랑', '양산도' 등도 타령으로 보기도 하나 여기서는 유행 가요로 보았다.

유행 가요도 범위를 규정짓기가 막연하나 19세기 말경에 인민들 속에 널리 불린 노래들 중에서 타령이 아닌 노래들을 포함시켰다. 암담한 시대에 불려진 노래들이기 때문에 퇴폐적이며 향락적인 노래가 적지 않으나 우리 나라 민요 형식을 잘 살린 경쾌한 가락의 노래들도 많다.

'세태' 란 어떤 경우에는 부정적인 뜻으로 쓰기도 한다. 당시 사회의 본질적 모순을 파헤치지 않고 현상만을 반영한 것이 세태 문학적인 방법이기 때문이다. 그러므로 세태 가요에 표현된 현상을 통하여 당대 사회의 본질적 모순과 인민들의 처지, 인민들의 입장을 깊이 인식하는 데 관심을 돌려야 할 것이다.

4. 서사 가요

서사 가요는 이야기 줄거리가 있는 가요이다. 이 책에서는 모든 이야기 노래를 다루지는 않았다. 결혼이나 가정생활과 관련된 이야기 노래들은 부녀 가요에 실었으며 그 밖의 이야기가 있는 가요들도 내용에 따라 분류하였다.

여기에 묶은 가요들은 서사성이 강하며 오랜 옛날부터 전하여 내려온 가요들로, 구성이나 표현 형식이 전형적인 서사 가요라고 말할 수 있다.

그러나 시대적 제한성, 계급 사회의 한계 들로 말미암아 '체니성' 을 빼고는 인민의 의사가 정확하게 반영되지 못하였다.

엮은이 김상훈

김상훈은 1919년 경상남도 거창에서 태어났다. 어려서 한문을 공부했으며, 연희전문학교를 졸업했다. 학도병이 되기를 거부해 졸업하면서 바로 원산철도공장으로 끌려가 징용살이를 했다. 병으로 돌아온 뒤 항일 활동을 하다가 1945년 1월에 붙잡혀서 서대문 형무소에서 징역을 살았다.

해방 뒤 조선문학가동맹에 참여하여 왕성하게 시를 써 발표했다. 1946년에는 김광현, 이병철, 박산운, 유진오 들과 《전위시인집》을 펴냈다. 한국 전쟁 때 종군 작가로 전선에 들어갔다가 북에 남았다. 북에서는 시를 쓰는 한편, 고전 문학을 오늘의 세대에게 전하는 일에 힘을 쏟았다. 1987년 69세의 나이로 세상을 떠났다.

예부터 내려온 민간의 노래를 정리해 '가요집'을 엮었고, 우리 역사의 한시들을 골라서 '한시집'을 엮었다. 아내 류희정과 이규보 작품집을 두 권으로 엮은 것이 2005년에 《동명왕의 노래》와 《조물주에게 묻노라》로 남에서 출간되었다.

겨레고전문학선집 35

청산에 살어리랏다

2008년 7월 30일 1판 1쇄 펴냄 | 2009년 6월 12일 1판 2쇄 펴냄 | **엮은이** 김상훈 | **편집** 김성재, 남우희, 이종우, 전미경, 하선영 | **디자인** 비마인bemine | **영업** 김지은, 백봉현, 안명선, 이옥한, 이재영, 조병범, 최정식 | **홍보** 조규성 | **관리** 서정민, 유이분, 전범준 | **제작** 심준엽 | **인쇄** 미르인쇄 | **제본** (주)상지사 | **펴낸이** 윤구병 | **펴낸곳** (주)도서출판 보리 | **출판 등록** 1991년 8월 6일 제 9-279호 | **주소** 경기도 파주시 교하읍 문발리 파주출판도시 498-11 우편 번호 413-756 | **전화** 영업 (031) 955-3535 홍보 (031) 955-3673 편집 (031) 955-3678 | **전송** (031) 955-3533 | **홈페이지** www.boribook.com | **전자 우편** classics@boribook.com

ISBN 978-89-8428-547-7 04810
       978-89-8428-185-1 04810(세트)

이 책의 국립중앙도서관 출판시도서목록(CIP)은 e-CIP 홈페이지(http://www.nl.go.kr/cip.php)에서 볼 수 있습니다. (CIP 제어 번호: CIP2008002152)

이 책은 한국문화예술위원회의 문예진흥기금 지원을 받았습니다.